KB078626

다시 한 번 ㄹ

손종호 장편소설

초판 1쇄 찍은 날 § 2016년 2월 29일
초판 1쇄 펴낸 날 § 2016년 3월 7일

지은이 § 손종호
펴낸이 § 서경석

편집책임 § 김현미

펴낸곳 § 도서출판 청어람
등록번호 § 제387-1999-000006호
등록일자 § 1999. 5. 31
어람번호 § 제1-2368호

주소 § 경기도 부천시 원미구 부일로 483번길 40 서경B/D 3F (우) 14640
전화 § 032-656-4452 팩스 § 032-656-4453
http://www.chungeoram.com
E-mail § chungeorambook@daum.net

ISBN 979-11-04-90672-5 04810
ISBN 979-11-04-90670-1 (세트)

손종호 장편 소설 FUSION FANTASTIC STORY

다시 한 번

2

도서출판 청어람

다시 한번

목차

1장

수학여행

학교를 나와 작은아버지 댁으로 향하는 내내 수학여행에 대한 생각으로 가득했다.

현성과 시열이도 함께 갈 수 있으면 좋을 텐데.

어제의 즐거웠던 대화가 떠올라 녀석들이 생각났다.

시열이 녀석, 분명 호들갑을 떨며 돌아다녔을 텐데……. 그 모습을 못 보니 조금 아쉽긴 하다.

현성이 놈이야, 숙소에 오자마자 자리부터 필 것 같은 놈이니. 음?

뭐지? 뭔가 생각이 날 듯했는데. 고개를 갸웃거리며 떠올려 봤지만 생각이 나지 않았다.

수학여행 탓에 너무 예민해진 건가.

떠오르지 않는 걸 보니 별일 아닐 거란 생각에 멈췄던 걸음을 옮겼다.

"작은엄마, 저 18일부터 수학여행 가게 됐어요."

내 말에 식사를 준비하시던 작은어머니께서 하시던 일을 멈추시곤 다가오며 물으셨다.

"어머, 그러니? 어디로 가?"

"아, 설악산이요."

"나도 어릴 때 거기로 수학여행 갔었는데."

알고 있었지만 놀란 척 작은어머니께 물었다.

"정말요?"

"그럼~"

"엄마, 찌개 끓어."

좋았던 분위기를 깨며, 민아가 옆에서 찌개를 가리킨다.

녀석, 봤으면 끄지. 하긴 아직 한창 어리광을 부릴 나이니.

"어머! 승민아. 밥 준비할 동안 집에 전화부터 드려."

"예"

작은어머니의 말씀대로 거실에 놓여 있는 전화기를 들고 번호를 눌렀다.

뚜르르— 뚜르르—

—여보세요.

"엄마, 저 승민이에요."

—어, 그래. 승민아. 왜? 뭐 필요한 거라도 있어?

"아니요. 이번에 수학여행 일정이 나와서 전화드렸어요."

—수학여행? 그래, 어디로 간다니?

어머닌 마치 자신이 가시기라도 하는 듯 궁금해하시며 물으셨다.

"설악산이요."

—아니, 무슨 허구한 날 설악산이니? 중학교 때도 글루 가더니, 서울로 보내도 설악산이야?

어휴, 어머니도 참. 진정 좀 하고 말씀하시지.

"엄마. 아무튼 18일부터 20일이에요."

—설악산에 꿀이라도 발라놨나? 응? 승민아 뭐라고?

"수학여행 날짜가 18일부터 20일이라구요."

—그래, 알았어. 이왕 가는 거 잘 놀다와. 다치지 말고. 필요한 거 있으면 꼭 작은엄마께 말씀드려.

"예."

—응. 그럼 얼른 쉬어.

"예, 들어가세요."

전화를 마치고 식탁으로 가자 작은어머니께서 물으셨다.

"형님이 받으셨어?"

"예."

"뭐라시니?"

"또 설악산으로 가냐고 못마땅해하시던데요."

"형님도 참."

갑자기 작은어머니께서 웃음을 터뜨리셨다.

"왜 그러세요?"

"아, 예전에 그러니까 승민이 초등학교 1학년인가 2학년 때, 너희 가족이랑 우리 가족이랑 설악산으로 놀러갔었거든. 혹시 기억나니?"

"글쎄요. 잘……."

삼십여 년 전 일을 기억할 리가…….

"아무튼 그때 형님께 들었었거든. 고등학교 수학여행을 안 가셨대."

"예? 왜요?"

어머니가 무슨 일로?

"초등학교, 중학교 다 설악산으로 가셨는데 또 거기로 수학여행을 간다니까, 홧김에 그러셨다네. 그러고는 지금에 와서 생각하니까 후회된다고 하시더라구. 다 추억인데 아쉬우시다면서. 아까 승민이한테 그러신 건 부러우셔서 그러셨을 거야."

그래서 아까 어머니가 그렇게 투덜대신 건가.

이럴 때 보면 귀여우시다니까.

그나저나 작은어머니께 감사드려야 할 것 같다.

작은어머니 덕분에 설악산을 생각하면, 강민기 녀석 대신 어머니의 얼굴이 떠오를 테니.

어머니에 대한 이야기를 듣고 한결 가벼워진 마음으로 학원 계단을 오를 무렵, 잊고 있던 세나와의 일이 생각났다.

뭐, 학교에서 아무 말 없었던 녀석이 별말 하겠어.

*　　　*　　　*

"안녕?"

문을 열자마자 들리는 차분한 목소리에 등골이 오싹해졌다.

여태껏 한 번도 인사를 한 적 없던 녀석이 먼저 인사를 해왔다.

"웬, 웬일이냐? 인사를 다 하고."

"오늘은 그냥 하고 싶어지네. 20등 씨."

학교에서 이 말을 하고 싶은 걸 어떻게 참았을까?

가증스럽게도 평소 거의 표정 변화가 없던 그녀의 얼굴에 어느새 미소가 피어 있었다.

"생각보다 허풍이 심해서 지면 어쩌나 가슴이 조마조마했는데."

힐끔 눈을 흘기며 말하는 얄미운 그녀에게 한마디 해주려다, 처음 보는 그녀의 웃는 모습에 이번엔 이대로 넘어가 주는 것도 나쁘지 않을 것 같았다.

"됐다. 진 걸 어쩌겠냐? 이번엔 내가 졌어."

"의외네. 변명이나 늘어놓을 줄 알았는데, 그런 의미로 앞으로 8등 님이라고 불러도 좋아."

"아, 예. 8등 님. 그렇게 하지요."

자기가 말해놓고도 민망하긴 했는지 내 대답을 무시한 채, 붉어진 얼굴을 픽 돌리는 세나를 놀리며 자리에 앉았다.

평소에도 그렇게 좀 웃어봐라. 맨날 노려보지만 말고.

        *   *   *

어느새, 내일로 다가온 수학여행.

딸들 수학여행 보낸다며 바쁘게 바리바리 가방에 챙겨주던 게 엊그제 같은데 이젠 내가 수학여행을 간다니.

가방을 싸면서도 뭔가 싱숭생숭한 기분이 든다.

그 때문일까. 가방에 넣으려던, 작은아버지께서 챙겨주신 애 꿎은 필름 카메라만 몇 분째 만지작거리고 있었다.

미래엔 찾아보기조차 힘들어진 필름 카메라.

이걸 다시 보게 되다니……. 필름을 다 쓰기 전에 열면 안 됐 던가? 하도 오랜만에 보니 사용법도 가물가물하다.

지 엄마를 쏙 닮아 귀찮은 건 죽어도 안 하는 막내딸이 핸드 폰만 있으면 되지, 디카가 왜 필요하냐며 가방에 넣어 준 디지털 카메라를 빼던 기억이 생생한데…….

이곳에선 이 카메라가 없으면 사진을 찍는 것조차 힘들다니.

또 얼마 지나지 않아 잊혀지게 될, 세월의 무상함을 느끼게 만드는 녀석을 조심스레 가방에 집어넣었다.

"노는 것도 좋지만 몸 다치지 않게 조심해서 다녀와."

아버지께서 보내주신 용돈에 자신의 돈을 더 보태주시며 작 은아버지께서 말씀하셨다.

"예. 그런데 용돈은 안 주셔도 되는데……."

"됐어. 넣어둬. 언제 또 내가 우리 승민이 수학여행 간다고 용 돈을 챙겨주겠어. 이제 대학 가면 주고 싶어도 못 줘."

머리를 쓰다듬어 주시며 웃으시는 작은아버지를 보며, 미래에 태어날 민아의 아이에게 잘해줘야겠단 생각이 들었다.

"감사합니다."

"그래, 얼른 가봐."

"예, 다녀오겠습니다."

그렇게 작은아버지 가족의 배웅을 받으며, 수학여행을 가기 위해 학교로 출발했다.

"승민아~ 이쪽이야!"

며칠 전엔 설악산으로 간다며 불평을 늘어놓던 예슬이 막상 수학여행을 가게 되니 기분이 좋은지 들떠선 빨리 오라며 난리도 아니었다.

"그럼 가볼까."

예슬이 손을 흔들고 있는 우리 반 학생들이 모여 있는 곳으로 발걸음을 옮겼다.

"뭐뭐 싸왔어?"

"그냥 옷이랑 음료수 몇 개랑 김밥. 끝?"

"뭐야! 수학여행 가는데 그게 다야!?"

"이거면 됐지. 뭘 더 싸."

"휴, 그럴 줄 알고 제가 철저히 준비를 해왔으니, 승민 군~ 기대해도 좋아요."

고개를 절레절레 흔들더니 걱정 말란 듯 어깨를 두드리는, 예슬의 모습에 뭘 준비한 건지 벌써부터 불안해지기 시작한다.

"됐다. 그냥 가만히 있는 게 제일 기대되거든?"

어깨에 올려진 예슬의 손을 치우며 그녀의 옆을 지나쳤다.

"야, 좀 이따 그렇게 말한 거 후회하지 마!"

"너나 후회하기 전에 이 가방 빨리 안 들어?"

인상을 쓴 지훈이 터질 것 같이 빵빵한 가방을 한 손에 들고, 예슬에게 금방이라도 던질 것처럼 흔들어댔다.

"오! 미안~"

"말이나 못하면……."

"안녕하세요~"

반 아이들의 인사에 고개를 끄덕이시며 다가오시는 담임 선생님의 모습이 보였다.

"그래, 수학여행이라고 일찍들 온 거 봐라. 응? 이것 봐라? 서지혜. 너 화장 지우고 와. 어디서 학생이 화장이야!"

"봐주세요. 선생님~ 수학여행인데……."

지혜의 애교 섞인 말에 선생님께서 웃으시며 말씀하셨다.

"안 해도 이뻐~ 지워."

"선생님! 교복 입고 가는데 이것도 안 돼요?"

울먹이는 목소리로 선생님을 부르는 지혜에게 졌다는 듯 선생님께서 말씀하셨다.

"에휴… 알았어. 대신 다른 선생님들이 뭐라 하시면 난 책임 못 져."

"예~"

"자, 그러면 두 줄로 서 봐."

선생님의 말씀에 반 친구들이 두 줄로 서자, 반장에게 인원이 맞는지 확인하신 선생님께서 다른 반 학생들이 이미 정렬해 있는 운동장 중앙으로 우리를 인솔하셨다.

"에… 에… 학교에서만이 아닌 자연 현장에서의 학습을 통해 바른 인성을 기르자는 취지하에 이렇게 오늘 신명고 2학년 학생들이 수학여행을 가는 것임을 명심하고, 그에 걸맞은 행동을 하길 바랍니다. 그럼 마지막으로 학생들 모두 즐거운 수학여행이 되길 바라며, 말을 마치겠습니다."

길게만 느껴졌던 교장 선생님의 훈화가 끝이 나자 학생들이 웅성거리기 시작했다.

"자! 자! 여기서 수학여행할 거 아니면 그만 떠들고 이동하자."

말씀을 하시며 앞장서시는 선생님을 따라, 운동장 뒤편에 줄지어 있는 버스를 향해 이동했다.

"차례대로, 자, 밀지 말고 천천히 한 명씩 올라가."

아이들은 선생님의 말씀에 따라 순서대로 7호차에 올랐고, 어느새 우리들 차례가 다가왔다.

먼저 버스에 오르는 예슬의 뒤를 따라 버스에 오르자, 가운데 창가 자리에 앉은 예슬이 빈자리를 두드리며 말했다.

"앉아."

"비켜라. 오라버니 창가에 앉게."

"싫은데~"

얄밉게 고개를 좌우로 흔들며 가방을 앞자리에 거는 예슬을 괜히 밀치며 자리에 앉았다.

"아, 비켜봐. 좁아 죽겠네."

"뭐야! 자리 많잖아!"

"그만들 해라."

어느새 옆자리에 앉은 지훈이 이젠 지겹다는 듯 우리에게 말했다.

"뭐! 승민이 이게 괜히 시비잖아."

"내가 언제?"

우리의 모습을 한심하다는 듯 바라보던 지훈이 놈이 옆에 앉은 영은이에게 시선을 돌렸다.

말을 거는 지훈을 수줍게 바라보는 그녀를 보니, 역시 잘생기고 봐야 한다는 생각이 든다.

퍽!

"먹을래?"

언제 과자를 꺼냈는지, 과자 곽으로 뒤통수를 치며 묻는 예슬의 모습에 그저 한숨만 나온다.

"됐다."

"싫음 말고."

다 먹고 새 걸 뜯어라, 인간아. 결국 준비했던 게 고작 끝없이 나오는 과자라니.

"다 탄 건가?"

마지막으로 버스에 오르신 선생님께서 인원수를 체크하며 둘러보신다.

"뭐야? 누가 이렇게 앉으래. 이것들 봐라. 남자 놈들은 오른쪽 여자는 왼쪽. 이동 실시!"

"에이~"

말이 끝나기 무섭게 쏟아지는 학생들의 야유에, 머쓱해진 선생님께서 자리에 앉으시며 한마디 하셨다.

"오늘만이야. 내일부턴 아까 말한 대로 앉아."

"네~"

잠시 후, 우리를 태운 버스가 신명고 정문을 통과하자, 이제야 조금 수학여행을 가는 실감이 나는지 버스 안이 소란스러워지기 시작했다.

"오~! 오~!"

"앉아! 그러다 다친다."

"걱정 마셔!"

저러다 한번 자빠져야 정신 차리지.

한참을 도로를 달리고 어느새 출출하다고 느낄 때쯤, 나만 그런 게 아닌지 하나둘 선생님께 배고픔을 호소해 왔다.

"배고파요~"

"밥 언제 먹어요~"

"거의 다 왔어. 좀만 참아, 이놈들아."

그 모습을 바라보던 예슬이 되도 않는 소리를 해온다.

"아, 배고파."

니가? 그렇게 처드서 놓고?

어느새 본래의 형태를 되찾은 그녀의 가방을 보며 말했다.

"나야 그렇긴 한데. 과자를 그렇게 먹어 놓고 니가 배가 고파?"

"야, 과자는 금방 꺼지잖아. 당연히 배고프지~"

예. 그러셨군요. 제가 그걸 몰랐네요?

"그래, 조금만 참아. 거의 다 왔대."

마치 내 말을 듣기라도 한 듯, 버스가 멈추자 선생님께서 일어나시며 말씀하셨다.

"자, 도착했다. 다들 도시락 싸온 거 잊지 말고 챙겨서 내려."

버스에서 내린 우릴 반긴 것은 강릉 휴게소란 커다란 문구가 걸린 건물이었다.

휴게소?

"여기서 점심 식사를 하고, 12시 20분까지 버스 앞으로 모이면 된다."

휴게소에 비치된 테이블로 안내하는 선생님의 모습에 수학여행의 낭만을 꿈꾸던 아이들의 기대가 무너져 내리고 있었다.

"이게 뭐야. 아, 냄새……."

테이블에 앉은 예슬이 차들이 지나다니며 뿜어내는 매연 냄새가 신경 쓰이는지 손사래를 치며 도시락을 내려놓았다.

"왜? 멀미라도 나려 그래?"

"아니, 그냥 냄새가 그래서."

"얼른 먹고 버스로 가자."

지훈이 놈도 내심 신경 쓰였는지 도시락을 열며 말했다.

"야, 천천히 먹어. 무슨 기집애가."

냄새가 싫긴 싫었는지 급하게 먹는 예슬에게 한마디 했더니, 잡아먹을 기세로 달려들었다.

"뭐! 내가 먹는데! 그리고 밥 먹을 땐 개도 안 건드린단 말 몰라?"

개도 그렇겐 안 먹을 거다.

"알았어. 드세요."

"근데 왜 그런 눈으로 보면서 말해?"

눈치는 빨라가지고 고새 째려보기는.

"얼마나 맛있으면 그렇게 먹나 먹어 보려 그런다."

"어! 어!"

이게 뭐가 예쁘다고 계란말이 김밥에 누드김밥까지, 손이 많이 가는 것들로 싸주신 건지.

아무튼 어지간히도 뺏기기 싫은 지 안간힘을 쓰며 방어하는 예슬의 젓가락을 피해 김밥을 입에 넣는 데 성공했다.

"어때?"

그렇게 못 먹게 할 땐 언제고 먹고 있으니 예슬이 궁금한 눈으로 바라본다.

"맛있네. 어머니 요리 잘하신다."

"엣헴!"

얼씨구?

"김밥 말고도 예슬이네 엄마 요리 잘해서."

"그래?"

"어. 어릴 때 놀러가서 몇 번 먹어 봤는데 맛있더라고."

지훈 녀석 말대로 솜씨가 좋아 보이긴 한다.

딸들 성화에 누드김밥을 싸다 실패한 것을 입에 넣어주던 마누라가 만든 것과는 모양부터 차이가 나니.

"그럼 어디 지훈이 어머니 솜씨도 확인해 볼까?"

그렇게 장난치듯 서로가 싸온 김밥을 나눠 먹다 보니, 어느새 김밥은 흔적도 없이 사라져 버렸다.

*　　　　*　　　　*

어깨에 느껴지는 묵직한 느낌에 잠에서 깨어 보니, 창가에 기대 자던 예슬이가 머리를 내 어깨에 기대어 자고 있었다.

"흐암."

혹시나 예슬이가 깨서 민망해할까 그녀의 머리를 치우며 기지개를 켰다.

식사를 마치고 오죽헌과 낙산사를 구경하고, 숙소로 향하는 사이 깜박 잠이 든 모양이다.

모두 잠이 들어 조용한 버스 안을 보며, 아까 다녀왔던 곳들을 떠올려 봤다.

뭔가 분명히 보긴 했는데 단체 사진이다 뭐다 하며 이리저리 이동하다 보니, 결국 기억에 남는 건 오죽헌의 배롱나무와 낙산사의 동종 정도였다.

동종이야 보물이라는 말에 눈길이 한 번 더 갔었고, 오죽헌의 배롱나무는 '메롱'과 비슷한 발음에 웃던 아이들이 선생님께서 해주신 나무의 또 다른 이름을 듣고 다른 눈으로 나무를 쳐다보던 것이 생각난다.

백일홍. 백 일 동안 붉게 물들어 있다 하여 붙여진 이름이랬던가.

나이 먹고 유유자적하게 살기만 해도 좋을 것 같던 곳들이었다.

끼익! 치익—

목적지에 도착했는지 버스가 멈추며 문이 열렸다.

"다들 일어나라. 다 왔다. 밥 먹어야지."

선생님께서 말씀을 하시며 버스에서 내리셨다.

아직도 정신을 못 차리는 예슬이를 흔들어 깨웠다.

"일어나."

입은 좀 다물고 자자. 아 진짜…….

"으응?"

"내려. 다 왔어."

일어나려다 가방에 머리를 부딪치는 예슬이의 행동에 헛웃음을 흘리며 가방을 치워 주었다.

버스에서 내리자 3층 높이의 파란색 지붕이 눈에 띄는 설악교육 회관이란 이름의 신식 건물이 보였다.

"뭐야. 빨리 들어가지."

"그러니까."

버스에서 내려 숙소 앞에 대기를 하게 된 학생들 사이에서 불만이 터져 나왔다.

잠이 덜 깬 예슬이 역시 기다리기 힘들었는지, 바닥에 가방을 내려놓고 그 위에 앉아 쉬고 있었다.

그렇게 신나서 이리저리 뛰어다니더니 피곤하긴 한 모양이다.

얼마를 더 기다렸을까?

슬슬 기다리기 지쳐 갈 무렵, 조금 짜증이 섞인 지훈의 목소리가 들렸다.

"이제 나오시네."

그 말에 앞을 보니, 정문에서 직원과 한참을 대화를 나누시던 선생님들께서 이쪽으로 오시고 계셨다.

"자, 주목!"

기다리다 지쳐 삼삼오오 앉아 있던 학생들이 교감 선생님의 외침에 선생님을 바라봤다.

"오늘부터 수학여행이 끝날 때까지 이곳에서 묵게 됩니다. 다들 자신의 집이라 생각하고 숙소 안의 물건들을 함부로 다루는 일이 없길 바랍니다. 그럼 모두 바쁜 일정에 피곤할 테니, 담임 선생님들의 인솔에 따라 질서 있게 숙소로 입장해 주세요."

2학년 수학여행을 감독하러 오신 교감 선생님의 말씀이 끝나자, 담임 선생님께서 우리에게 다가오셨다.

"다들 피곤하지?"

"네~"

지친 목소리로 대답을 하는 아이들의 모습에 알았다는 듯, 선생님께서 말씀하셨다.

"그래, 알았어. 짧게 말할게. 일단 물건들이 손상되거나 없어지면 변상을 해야 하니까 교감 선생님 말씀대로 조심히 사용하고. 그럼 이제 니들이 묵을 방을 알려줄 테니까 이름이 불린 사람은 선생님 우측에 와서 서면 된다."

반 남학생 5명의 이름을 부르신 선생님께서 열쇠를 건네주셨다.

"319호야. 같은 방 쓰는 사람들끼리 열쇠 관리 잘하고, 일단 한 줄로 서서 대기. 다음은 박규민, 최승민, 이민준, 전지훈, 김영현."

그래도 다행히 지훈이 녀석과 한방인가.

앞으로 나온 우리들 중 부반장인 규민에게 320호 열쇠를 주신 선생님께서, 남은 남학생들을 마저 부르시곤 여학생들을 호명하시기 시작했다.

"김예슬, 고지연, 이미현, 박수진, 윤세나, 정다혜."

어깨가 축 처져서 앞으로 나오는 모습을 보니, 천하의 윤세나도 피곤하긴 한가 보네.

그렇게 끝으로 세나까지 나오자, 선생님께서 예슬이 속한 221호실을 쓰게 될 아이들에게 열쇠를 나눠 주셨고, 드디어 방 배정이 끝이 났다.

"자, 그러면 우리가 마지막에 들어가야 하니까 다른 반들이 들어갈 때까지 여기서 조금만 기다리자."

"그게 뭐예요!"

"우리가 왜 마지막이에요!"

"녀석들아, 그게 얼마나 차이 난다고 그래? 그 대신 밥은 우리가 제일 먼저 먹어."

가장 먼저 밥을 먹는다는 선생님의 말에 불만스러워하던 아이들이 잠잠해졌다.

"자, 이제 들어가자. 다들 올라가면 짐 풀고, 편한 옷으로 갈아입고 7시까지 늦지 않게 1층으로 모이면 돼."

잠시 후 다른 반들이 모두 들어가자 선생님께서 말씀하셨고, 그 말에 아이들은 우르르 숙소 정문을 통과했다.

"좀 이따 봐."

2층 계단을 올라오자 예슬이 짐을 푼다는 생각에 기분이 좋아졌는지, 웃으며 자신의 방으로 향했다.

"고새 살아났네."

"그러게 말이다. 우리도 가자."

지훈의 말대로 3층에 도착하자, 좌우로 펼쳐진 방들 중 오른쪽 맨 끝에 위치한 320호실의 문을 먼저 열고 들어간 규민의 놀란 목소리가 들려왔다.

"오~ 꽤 괜찮네!"

녀석 말대로 들어가서 본 내부는, 지어진 지 얼마 안 된 신식 건물이라 그런지 깔끔한 모습이었다.

한쪽에 화장실까지 있는 데다 5명이 자기에 넉넉한 방 크기를 보니 만족스러웠다.

어느새 방 한쪽에 가방을 내려놓곤 옷을 갈아입는 지훈의 표정을 보니, 녀석도 마음에 들어 하는 눈치다.

"승민아, 어디서 잘 거야?"

지훈의 옆에서 옷을 갈아입고 있을 때, 조심스레 규민이 말을 꺼내왔다.

"응? 글쎄."

학기 초 민기 녀석과의 싸움 탓일까.

어디서 잘까 방을 둘러보는 내 모습을 훔쳐보며 불안해하는 아이들의 모습이 보였다.

그들의 눈빛은 내가 빨리 잘 곳을 결정했으면 하는 것 같았다.

어쩔 수 없이 머리를 긁적이며 옷을 갈아입던 곳을 가리켰다.

"그냥 여기서 자지 뭐. 너도 괜찮지?"

지훈을 보며 묻자 방 분위기를 확인한 녀석이 고개를 끄덕였다.

"어. 상관없어."

그제야 안도를 하는 같은 방 친구들의 모습에 이해하라는 듯 어깨를 두드리는 지훈이 고맙게만 느껴졌다.

　　　　*　　　　　*　　　　　*

"우리 방으로 이따 놀러와."

예슬이 반찬으로 나온 제육볶음을 집어 먹으며 말했다.

"뭐?"

"뭐가 뭐야. 누나가 놀아준다는데."

어디서 기집애가 함부로 남자를 방에 불러.

"221호. 알지?"

어이없어하는 날 지나쳐 지훈에게 말하는 예슬에게 녀석이 고개를 끄덕였다.

"그래, 이따 현우가 지들 친구들도 같이 놀러 온다고 했는데 괜찮지?"

"응."

다시 아무렇지 않게 대화를 하는 둘의 모습에, 불혹이 넘어 다시 찾아온 수학여행이 순탄하지 않을 것 같단 생각이 든다.

"야, 가자."

각 반의 선생님들께서 인원 파악을 하시고 1시간 정도가 지나 10시가 되자, 지훈이 녀석이 한가롭게 누워 있는 내게 물어 왔다.

"아, 가야 되나? 귀찮은데."

"어차피 예슬이 성격에 끌고서라도 데려갈걸?"

하긴 또 뿔이 나서 달려오겠지.

"그렇겠지?"

안 가면 분명 귀찮게 할 예슬이 떠올라 그녀의 방으로 내려가던 중, 1층 계단으로 향하는 세나의 모습이 보였다.

음? 윤세나?

뭐지? 이 시간에 웬 1층?

"뭐 해. 가다 말고?"

"응? 아니야. 가자."

먼저 가다 멈춘 내게 의아해하는 지훈의 등을 밀며, 예슬의 방으로 향했다.

"왜 이렇게 늦어?"

방문을 열자, 화투를 한 손에 들고 입술을 삐죽 내민 예슬이 투덜댄다.

"뭐냐?"

어린 소녀와 화투라니 매치가 안 된다.

"뭐긴 화투지. 얼른 앉아."

예슬의 성화에 할 수 없이 앉으며 방 안을 둘러보니 가관이었다.

한쪽에서 카드를 이마에 붙이고 뭔가 게임을 하는 현우 녀석들과 우리 반 여자아이들, 그리고 그 옆엔 언제 가져왔는지 캔맥주들과 1.5리터 환타 몇 개가 보인다.

색깔이 갈색인 걸 봐선 저것도 환타가 아닌 게 확실했다.

그 광경을 언짢은 표정으로 한참을 보다, 즐거워하는 아이들의 모습에 너무 어른의 눈으로만 바라본 건 아닌가 싶었다.

하긴 이럴 때 아니면 또 언제 이렇게 즐겨 보겠냐.

어른 입회하에 재미있게들 놀아봐라. 다 추억일 테니.

"고스톱 쳐봤어?"

"어? 몇 번. 근데 잘 몰라."

"그래? 그럼 알려줘야겠네."

능숙하게 화투장을 섞으며 말하는 예슬의 모습이 귀엽게 느껴진다.

이래 봬도 회사에선 '미스터 고'로 불린 최 과장님께 화투를 알려주겠다니.

한참 동안 룰을 설명해 준 예슬이 가방을 뒤적거리더니 묵직해 보이는 검은 봉지를 바닥에 내려놓았다.

"자, 이제 시작하자."

"그건 뭐냐?"

"돈."

이미 알고 있었는지 지훈이 옆에서 말을 걸어 왔다.

"돈?"

"응. 그냥 치면 재미없잖아."

예슬이 봉지에서 꺼낸 동전을 공평하게 나누며 말했다.

받은 게 오백 원짜리 2개, 백 원짜리 10개, 십 원짜리 200개니까 총 만 이천 원인가.

아주 작정을 하고 왔구만…….

"점당 10원이야! 그럼 첫판이니까 선은 가위바위보로! 가위, 바위, 보."

신이 난 예슬이 외치자 모두 손을 내밀었다.

"지훈이가 선이네. 승민이 니가 기리해."

"기리가 뭐야?"

"그냥 지훈이가 섞은 거 조금 들어서 내려놔."

"이 정도?"

일부러 모르는 척 10장 정도를 들자, 답답한지 예슬이 화투장을 덜어 바닥에 내려놓았다.

"이번엔 내가 할게. 패 돌려."

바닥에 패가 깔리고 지훈이 나눠 준 7장의 패를 모두 받자, 선인 지훈이 놈이 바닥에 깔린 일광을 가져간다.

"하나도 모르겠네……."

"괜찮아. 금방 익숙해져."

차례가 몇 번 돌고 난 후 머리를 긁적이며 말하자, 예슬이 처음엔 다 그렇다는 듯 위로를 해왔다.

"그런가……."

그러니까 이게 매화 홍단이고.

짝!

뒤집어 볼까나… 어이쿠, 이게 웬 떡, 나버렸네?

짝!

"내가 난 건가?"

바닥에 홍단 세장을 가리키며 궁금한 얼굴로 예슬과 지훈을 번갈아 바라보았다.

"잘하네. 그렇게 하면 되는 거야. 고 할 거야?"

비 삼광을 쥔 지훈이 기대하는 얼굴로 물어왔다.

왜 광이라도 들어올 거 같으신가.

"아니, 잘 몰라서. 스톱."

두세 판을 적당히 져주고 나서, 이번엔 새들에게 둥지를 마련

해 준 뒤 가만히 있자 예슬의 눈동자가 흔들린다.

모른 척 넘어갈까 말까 하는 눈치에 어떻게 하는지 지켜보자, 패를 내리려던 그녀가 한숨을 쉬며 말했다.

"그거 고도리야. 5점짜리. 새가 5마리지?"

패를 알려주는 손이 떨리는 걸 보니 고민이 좀 됐나 보다.

"어? 그럼 내가 난 거야?"

"응."

"그럼 스톱."

"이번 판엔 나나 지훈이 둘 다 아무것도 없었는데 아깝다. 야."

"에이, 패도 모르는데 괜히 해봤자 질 거 같아. 그만할래."

이런 좋은 기회를 놓치냐는 얼굴로 판돈을 건네는 예슬에게 핑계를 대곤 저린 다리를 편 채 주변을 보자, 어느새 캔 맥주를 마시며 짝을 맞춰 즐겁게 놀고 있는 모습이 보인다.

근데 뭔가 이상했다. 짝이 맞다고?

"예슬아, 니네 방 6명 맞지?"

"응. 근데 갑자기 왜?"

"아니, 5명밖에 없어서."

"응? 그러고 보니까 세나가 없네."

방 안을 보던 예슬이 고개를 갸웃거리며 말했다.

그녀의 말에 아까 1층으로 내려가던 세나의 모습이 떠올랐다.

40분이 넘게 지났는데 안 들어온 건가.

아까 1층으로 갈 때 이상하다고 생각했어야 했는데, 상황을 보니 그녀가 나간 이유를 알 것 같았다.

"지훈이랑 둘이 치고 있어. 잠깐 나갔다 올게."

"뭐야! 치다 말고 갑자기 어디가?"

갑자기 일어난 모습에 화를 내는 예슬에게, 미안한 얼굴로 손을 흔들며 방을 나섰다.

"금방 갔다 올게."

계단을 내려가자, 1층에서 혼자 밖을 보고 서 있는 세나가 보였다.

"뭐하냐?"

뒤에서 들린 소리에 돌아본 세나의 떨리는 눈동자에, 외톨이였던 과거의 일이 떠올라 더 마음이 짠했다.

"그냥. 그러는 넌?"

그냥은 무슨.

"잠깐 놀다가 음료수나 사러 왔는데, 보다시피 문을 닫았네."

말을 하며, 1층 왼쪽에 위치한 불 꺼진 슈퍼마켓을 가리켰다.

"안됐네. 그럼 올라가 봐."

"너는?"

"좀 더 있다가 올라갈 거야."

"같이 가서 놀자. 221호 아냐?"

"됐어."

순간 망설이다 입을 여는 세나의 모습에 나오려는 한숨을 참아야 했다.

"되긴 뭐가 돼. 수학여행까지 와서 혼자 청승 떨지 말고 가시죠."

팔을 잡으려는 손을 뿌리치며 화난 얼굴로 그녀가 말했다.

"왜 이래. 지금 동정하는 거야? 됐다니까!"

"자기보다 잘난 사람을 동정하는 바보도 있냐?"

"뭐?"

놀란 눈으로 세나가 바라본다.

"그만 올라가시죠. 8등 님?"

장난스레 말을 꺼내자, 말없이 한참을 째려보던 그녀가 내 곁을 지나쳐 계단을 올라갔다.

탁. 탁. 탁.

계단을 올라가는 그녀의 발소리가 점점 멀어져 가더니 더 이상 들리지 않았다.

젠장. 괜히 성질만 건드린 건가…….

"뭐해? 놀자며."

어?

세나의 목소리에 위를 보니, 눈가에 웃음꽃이 살포시 내려앉은 그녀가 안 오고 뭐하냐는 얼굴로 이쪽을 보고 있었다.

"미안."

녀석, 그럴 거면서 괜히 사람 마음을 졸이게 하고 난리야.

"자, 시작하자."

쭈뼛거리는 세나를 옆에 앉히는 내게, 이게 뭔 상황인지 해명하라는 예슬과 지훈의 눈빛이 쏟아진다.

애써 그들의 눈빛을 무시하며 세나에게 물었다.

"고스톱 해봤어?"

"아니."

"그럼 예슬이가 알려줘야 되겠네."

말을 꺼내며 예슬의 눈치를 보자, 눈이 동그래져 이쪽을 쳐다보던 예슬이 간절한 내 눈빛에 한숨을 내쉬며 세나를 불렀다.

"세나야, 이쪽으로 와봐. 내가 알려줄게."

웃으며 세나를 부른 예슬이 세나가 보지 못하게 지훈의 옆구리를 찌르는 모습이 보였다.

그럼 그렇지. 저게 그냥 넘어갈 리가 없지.

"뭐야. 어떻게 알게 된 거야?"

예슬의 행동이 아니더라도 궁금함에 물으러 왔을 지훈에게 결국 사정을 설명해야 했다.

"그게… 학원에서 알게 됐는데, 아까 혼자 1층에 있더라고. 그래도 나름 친하게 지냈는데 그렇잖아."

"오지랖도 참 넓다, 너도."

세나를 힐끔 보며, 녀석이 고개를 흔들었다.

"이왕 이렇게 된 거 앞으로 친하게 지내지 뭐."

그런 지훈의 어깨를 잡으며 말하자, 알았다는 듯 고개를 끄덕인 녀석이 자리로 돌아갔다.

"자! 이제 다시 시작해 볼까요?"

잠시 후, 다 알려줬는지 예슬이 세나를 옆자리에 앉히더니 이쪽을 노려보며 말했다.

"그… 그럴까?"

패가 돌아가고 녀석들이 친해질 수 있게 광을 팔려고 했지만, 지훈이 내게 윙크를 하며 광을 팔더니 훈수를 둬준다는 이유를 대며 세나의 옆자리에 앉았다.

짝!

"으항… 패가 없엉……."

세나의 패를 힐끔 보더니 예슬이 똥을 버린다.

"세나야, 여기선 이거."

"이거?"

지훈의 말에 세나가 예슬이 버린 똥피를 똥광으로 치며 가져간다.

"응. 3광이니까, 세나 니가 났어. 고는 승민이가 피가 많으니까 하지 마."

"푸… 아쉽네."

"생각보다 쉽네?"

별거 아니라는 듯 세나가 이야기하자, 접대 도박을 하신 예슬 님의 입이 삐죽 나오신다.

그렇게 몇 판을 했지만 어색한 분위기는 사라지지 않았다.

역시 이럴 땐 악역이 있어야겠지.

"나도 한번 섞어보자. 계속 지니까 맨날 받기만 하고, 재미없다. 야."

"그럴래?"

세나의 물음에 나 역시 초짜인 것이 생각났는지, 예슬과 지훈이 고개를 끄덕이며 허락했다.

"자, 그럼. 섞어볼까요."

어디 한번 실력을 발휘해 볼까?

탁! 탁! 탁!

화려하게 패를 섞은 후, 귀신이라도 본 듯 놀라고 있는 예슬이에게 섞인 패를 보여 주며 말했다.

"기리하시죠?"

"뭐야… 최승민……."

방금 전 상황이 믿기지 않는지, 예슬은 놀란 얼굴로 한참을 바라보고 있었다.

"기리나 해."

비웃으며 말을 하자, 속은 걸 깨달은 예슬이 분한지 강하게 패를 내려놓았다.

탁!

"자, 그럼 패 돌릴게."

패가 돌아가고 광을 판 지훈의 패를 다시 넣고 섞은 후, 바닥에 깔린 패를 뒤집었다.

휴~ 오랜만에 해서 잘될지 걱정됐는데. 패를 보니 제대로 된 것 같네.

문제는 3광을 들었어야 하는데 왜 광이 2개뿐이 없냐 이거지…….

역시 젊어진 탓에 제대로 안 된 모양이다.

"자, 그럼 원래 선이었던, 세나부터 시작이지?"

지훈이 녀석이 세나 옆에서 죽일 듯이 노려보는 게 보인다.

"어."

"그럼 나부터 친다."

세나가 똥광을 내며, 쌍피를 가져간다.

"그럼 내 차례지?"

본때를 보여 주겠다는 듯이 예슬이 세나가 패를 집어 가기도 전에 화투장을 내려놓았다.

　그리 급하게 하면 체할 텐데.

　짝!

　팔광? 저게 절로 갔나?

　"와……."

　싸셨어요?

　"어이구, 우리 예슬이 불쌍해서 어떡해. 자, 50원."

　"치기나 해!"

　"안 그래도 칠 거야. 이게 홍매화고~ 요게 삼광이네!"

　짝!

　"어이구… 너는 왜 따라오냐?"

　짝!

　나온 비광으로 비열끗을 치자, 그 모습을 옆에서 보던 예슬의 볼이 터질 듯 부풀어 올랐다.

　다음 차례인 세나가 치고 나서 뒤집은 화투패로 구쌍피를 먹은 예슬이 웃으며 내려놓는 게 보인다.

　"이제야 붙기 시작하네~"

　으이구… 그렇게 좋아?

　이 순간을 위해 고이 모셔뒀던 8을 꺼내 예슬이 쌌던 8무더기를 내려쳤다.

　짝!

　"예슬이. 그거 손대지 마. 때 타. 고대로~ 가져와. 세나도 그렇게 보고만 있지 말고, 피 하나 줘야지? 옳지. 착하네."

　약 올리는 말투에 화가 났는지, 포커페이스를 유지하던 세나의 얼굴에 홍조가 피어오른다.

"어! 이거 아닌데!"

그러게 왜 사람을 보면서 화투를 쳐, 패를 봐야지.

"오잉? 사쿠라?"

"최승민 씨, 화투 모르신다더니 벚꽃으로 알려준 사쿠라를 다 아시네?"

"야, 그건 기본 아냐? 아무나 잡고 물어봐라. 다 사쿠라라 그러지."

"그러서……."

이를 악물고 바닥에 청단이 그려진 풍을 내려친 예슬 님의 표정이 굳어졌다.

"한 번만 더 싸면 예슬이가 이기겠네. 이거 무서워서 어디 화투 치겠어?"

말을 하며 손에 쥔 풍을 예슬이 볼 수 있게 흔들어 보였다.

"청단 하나 믿고 버티셨는데… 이걸 어떡해……."

"다음 판에 두고 봐……."

화려하게 펼쳐진 패를 집는 모습을 두 소녀가 분한 얼굴로 노려보고 계셨다.

"자, 계산을 좀 해봅시다. 고도리 5점, 홍단 3점, 사광 4점, 멍박에 피 7점, 쓰리고니까 합이 96점. 예슬이가 광박에 피박이니까 3,840원, 세나가 피박이니까 1,920원."

"최승민! 야, 이 나쁜 놈아! 잘 모른다며!"

술술 점수를 계산하자, 예슬이 동전을 손으로 밀치며 억울한 듯 외쳤다.

"내가 그랬나?"

"장난해?"

장난은 무슨. 회사 동료들이랑 상갓집 가봐라. 안면도 없는 사람들이랑 무슨 이야기를 하겠냐.

고스톱이나 치다 오는 거지.

화를 내는 예슬을 진정시키고, 고스톱이 처음인 세나를 보자 예상보다 높은 금액에 놀랐는지 지훈에게 내 말이 사실인지 몇 번이나 묻고 있었다.

"세나야. 아직도 쉬워?"

"뭐?"

쏘아보는 눈빛을 보니 이분도 화가 단단히 나신 모양이다.

"다시 해!"

"너 돈 없잖아?"

"야, 예슬이 내 돈 가지고 치라 그래."

지훈이 질린 얼굴로 예슬에게 돈을 주며 자리를 떴다.

"어디가?"

"친구 놈한테 속은 기분 좀 풀러간다."

방향을 보니 맥주를 홀짝이는 현우에게 가는 모양이었다.

"이번엔 내가 섞을래!"

씩씩대며 예슬이 화투를 섞으려 했다.

"응? 누구 맘대로?"

"뭐야. 아까 너도 세나 차례인데 니가 했잖아. 이번엔 내가 할래."

"아니, 그건 세나가 허락을 해준 거고 난 안 해줄 건데?"

"와… 치사해서 진짜……. 그래. 니가 섞어."

2판을 더 이기고 이번에도 내가 유리해지자 그녀들이 대놓고 편을 먹기 시작했다.

아까의 어색했던 분위기는 사라지고 어느새 머리를 맞대고 날 깨부수기 위해 고민을 하는 모습을 보니, 역시 고난이 있어야 더 친해지는 게 맞는 모양이다.

"화투 치는 사람 어디 가셨나?"

"기다려!"

합심한 듯 동시에 외친 그녀들이 고심한 듯 패를 냈고, 그 모습에 적당히 이 판을 져주기로 마음먹었다.

"하! 하! 고박이시네요? 최.승.민. 씨?"

녀석들 그렇게나 좋을까.

"와, 장난하냐? 그걸 왜 거기서 내."

"뭐가? 낼 게 그거밖에 없었는데."

짜고서 홍단을 밀어준 걸 똑똑히 봤는데 오히려 어이없단 듯 세나가 물어온다.

"오케이. 이번은 내가 졌어. 그만할까?"

"웃기고 있네. 세나야 계속할 거지?"

"응."

아무래도 아직 화가 덜 풀린 듯한 녀석들에게 좀 더 당해줘야 할 것 같다.

"맛있나?"

"응?"

이젠 좀 화가 풀렸는지, 예슬이 현우와 술을 마시고 있는 지훈을 보며 궁금한 듯 물어왔다.

"술?"

"어."

뭐, 한 잔 정도는 괜찮겠지.

"궁금하면 한번 마셔 보던가."

"그럴까?"

술이 담긴 환타 병을 보며 고민을 하던 그녀가 결심을 했는지 자리에서 일어났다.

"승민이 너도 마실 거지?"

"난 됐어."

"뭐야. 괜히 종이컵 3개 가져 왔잖아. 세나는?"

"음……."

왜 나를 보냐?

"마실래."

환타를 열어 술을 따른 예슬이 어디서 본 건 있는지, 세나와 잔을 부딪치며 조금 맛을 보더니 인상을 찌푸렸다.

"크… 이걸 왜 먹어?"

그러게 말이다.

나이가 들면 없어서 못 먹지만, 먹고 나서 후회하는 건 세월이 지나도 변함없는데 말이지.

"그럼 먹지 마."

괜한 말을 꺼냈는지 내 말에 오기가 생긴 예슬이 오만상을 찌푸리며 억지로 잔을 들이켰다.

"으… 으……."

고작 맥주 한 잔에 괴로워하는 녀석을 위해 오징어 다리를 먹고 있는 지훈에게 향했다.

"뭐야? 수울 마실려고?"

이놈은 마신 지 얼마나 됐다고 혀가 꼬부라졌어.

캔 맥주를 마시는 멀쩡해 보이는 현우와 달리, 반쯤 빈 환타 병에서 술을 따르는 녀석은 많이 취한 모습이었다.

"야, 적당히 마셔. 현우야, 애 좀 잘 봐라."

"그럴게~"

쯧쯧쯧. 남자 놈이 술이 저리 약해서야.

"이거나 입에 물어라."

자리로 돌아와 다리를 하나 뜯어 예슬의 입에 물려주곤, 예슬이의 모습에 잔을 들고 고민을 하는 세나에게 나머지를 쥐어주었다.

"땡큐."

"먹기나 해."

"홍. 먹지도 못하면서."

얼씨구. 말이나 못하면. 인상을 그렇게 쓰면서.

"아… 씨."

"그~ 치?"

세나의 말에 맞장구를 쳐오는 예슬이의 모습이 조금 이상했다.

얼굴이 벌게져 가지고. 왜 저래? 얼씨구, 아주 고개를 박고 있네.

아무리 그래도 맥주 한 잔에 그러는 게 이상해, 다시 잔에 술을 따르고 있는 세나에게 말했다.

"쓰다고?"

"응. 맥주가 원래 이런가? 엄청 쓴데."

"한 잔 줘봐."

"뭐야. 안 마신다더니?"

"폐!"

이건 맥주가 아니라 거의 소주잖아?

"남자가 그것도 못 마셔?"

마시지 못하는 줄 착각했는지, 비웃으며 입가에 종이컵을 대는 세나의 손에서 황급히 잔을 뺏어야 했다.

"왜 이래?"

화를 내는 그녀에게 머리를 바닥에 박고 기절을 하신 예슬이를 가리켰다.

"그만 마셔라. 쟤 꼴 난다."

"어? 예슬이 왜 저래."

"그거 소주야. 쟤나 눕히고 너도 쉬어. 아무튼 오늘은 재밌었어."

"그래, 그리고 오늘은… 고마워."

취하셨나? 세나 님께서 고맙다는 말을 다하고…….

예슬을 이불에 눕히는 세나에게 손을 흔들며 지훈을 챙기기 위해 고개를 돌리자, 녀석이 보이지 않았다.

"야, 이현우. 지훈이 어디 갔어?"

"어? 지훈이 조금 전에 화장실 간다고 했는데."

현우의 말에 잠겨 진 화장실 문에 노크를 했지만 대답이 없었다.

끼익.

문을 열자마자 눈앞이 깜깜해지는 광경에 연 문을 황급히 닫아야 했다.

설마 신명고 볼케이노 님을 직접 목도하게 될 줄이야.

저걸 어떻게 해야 할지 막막하기만 했다.

"야, 이현우. 환타 병에다 뭔 짓을 한 거야?"

"어? 소주는 걸릴까 봐 거기다 좀… 부었는데?"

뭔가 감추는 것 같이 어물쩍거리는 현우에게 강하게 물었다.

"조금?"

"한 병 반 정도… 왜?"

"야… 이 미친! 하… 지훈이 그거 먹고 꽐라 돼서, 지금 화장실에서 옷도 안 벗고 샤워한다고 난리야. 자식아."

"진짜?"

당황한 현우 놈이 화장실로 향하려는 것을 황급히 잡아 세웠다.

"가서 뭐 하게. 올라가서 지훈이 옷이랑 수건이나 가져와."

"어… 알았어."

현우가 방을 나서고 다시 화장실을 열었지만, 코를 찌르는 냄새와 토사물을 보니, 도저히 엄두가 안 났다.

"뭐해?"

반쯤 남은 환타 병을 집는 것을 본 세나가, 예슬이를 이불에 눕히며 궁금한 듯 바라봤다.

"신경 쓰지 말고 하던 일 해."

"흐음……."

꿀꺽.

"후……."

방금 본 걸 떠올리자 한 잔으로 부족할 것 같았다.

꿀꺽.

"아깐 마시고 싶어서 어떻게 참았대?"

"시끄러."

비꼬는 세나를 무시하며 알딸딸해진 몸을 이끌고 전장으로 향했다.

"지훈아, 미안하다."

"후읍."

숨을 참고 녀석의 웃옷을 단숨에 벗겨내자, 어쩔 수 없이 녀석의 얼굴이 난장판이 됐다.

"우웨엑……."

돌돌 만 지훈의 티셔츠를 변기에 탈탈 털고 샤워기로 씻어냈다.

"으음."

괴로워하는 소리에 옆을 보자, 몰골이 말이 아닌 지훈이 몸을 뒤척이는 게 보였다.

녀석을 벽 쪽에 앉힌 채 샤워기로 몸에 묻은 것들을 씻어 내고, 그것들을 변기에 버리러 가고 있을 때 쿵 하는 소리가 들려왔다.

그래, 이대로 죽는 것도 나쁜 선택은 아니야.

엎어진 채 샤워기에서 흐르는 물에 괴로워하는 지훈을 들어 올렸다.

똑! 똑!

"승민아, 가져왔어."

도저히 문을 열 수 없는 이 상황에 문을 두드리는 현우에게 소리쳤다.

"놓고 가! 이놈 힘이 장난이 아냐!"

다급하게 샤워기를 바닥에 던지면서 지훈을 다시 바닥에 놓자 쾅 하는 소리가 났고, 미안해하는 현우의 목소리가 들려왔다.

"나도 도와줄까?"

"됐어! 좁은데 너까지 들어오면 더 힘들어!"

"알았어… 힘내."

"휴… 이게 뭔 쌩쇼냐……."

화장실에 놓여 있던 비누를 풀어 바닥까지 정리를 한 후, 지 때문에 생고생을 한 걸 꿈에도 모른 채 뻗어 있는 녀석을 업고 화장실을 나섰다.

아, 이놈은 또 뭐 이리 무거운지…….

"승민아."

이쪽을 쳐다보는 아이들의 시선에 마음 같아선 내팽개치고 다가온 현우 놈에게 업으라고 하고 싶었지만, 안절부절못하는 녀석을 보니 그럴 마음도 사라진다.

"됐어. 저거나 다 버리고 놀다 쉬어라."

"어… 그렇게 할게."

현우에게 말하는 날 바라보는 세나를 뒤로한 채 방을 나섰다.

후들거리는 다리로 힘겹게 계단을 올라 이불에 녀석을 던지고 옆에 눕자, 몰려오는 피로감에 온몸이 나른해지며 눈이 감겨왔다.

*　　　　　*　　　　　*

"후우, 온몸이 찌뿌둥하구만."

피로를 풀기 위해 한참을 멍하니 서서 물을 맞다, 떠오르는 밤사이의 기억을 애써 지우며 샤워를 마무리하고 밖으로 나왔다.

"전지훈, 일어나. 밥 먹어야지."

"하……."

아직 일어나지 않은 녀석들 사이에서 힘든지 몸을 비트는 지훈을 보자, 얼빠진 얼굴로 말하던 이 사건의 주범인 현우의 모습이 떠올랐다.

이현우, 이 미친 자식. 버리기 아깝다고 소주 한 병 반을 들이부었다니…….

"지훈아, 일어나라."

뻗은 녀석을 씻기고 옮긴 울화가 치밀어 발이 먼저 나간다.

툭. 툭.

"응……? 아… 뭐야… 나 왜 여기 있어?"

간신히 몸을 일으켜 반쯤 감긴 눈으로 묻는 지훈을 보니, 어제의 일은 기억을 못 하는 게 분명했다.

"뭐긴, 술이 떡이 돼서 이 형님이 옮겨 놓은 거지."

"니가 옮겼다고?"

"그래, 그 덕에 나도 지금 죽을 거 같으니까 얼른 씻어. 밥이나 먹으러 가자."

"아… 그래. 어쨌든 고맙다."

고맙긴. 기억나면 쪽팔려서 내 얼굴이나 보겠냐.

"됐어, 인마. 씻기나 해."

비틀거리는 몸으로 힘겹게 화장실로 향하는 지훈을 보니 녀석, 오늘 고생깨나 할 것 같다.

"승민아."

"응?"

규민이 이 녀석, 왜 그런 눈으로 나를 봐?

"오늘 체육복 입어야 돼."

그제야 멋쩍게 웃는 규민의 회색 신명고 체육복이 눈에 들어왔다.

"아, 그랬나? 땡큐."

"아냐."

지훈이 녀석 덕에 나까지 정신이 하나도 없구만.

"어여 가자."

"어."

힘들어하는 지훈을 데리고 식당으로 가는 길에 2층에서 예슬에게 귀를 잡힌 채, 끌려 내려가는 현우의 모습이 보였다.

"소주를 부으셨어? 그래놓고 너는 한 잔도 안 마셔!"

"예슬아… 아파… 이것 좀 놓고……."

옆에서 태연한 표정으로 둘을 관망하는 세나를 보니, 어떻게 된 일인지 짐작이 갔다.

"쟤들 왜 저래?"

"아, 현우가 어제 환타 병에 소주를 부으셨단다."

"뭐 그럴 수도 있지. 하여튼 예슬이 저건."

흠… 글쎄다…….

"이씨! 전지훈… 이거 안 놔!"

"적당히 해. 아침부터 이게 뭐냐……."

서둘러 현우의 귀를 잡고 있는 예슬을 말리는 지훈을 보던 세나가 이쪽을 쳐다봤다.

"말 안 해줬나 봐?"

"때론 모르는 게 좋을 때가 있는 거야."

"어련하시겠어."

내 어깨를 친 세나가 씩씩대는 예슬을 다독여 계단을 내려갔다.

"밥들 좀 드세요."

곧 쓰러질 것 같은 지훈의 옆에서 울상인 예슬이 반찬을 집은 채 중얼거렸다.

"엄마 보고 싶어……."

한 잔밖에 안 먹은 녀석이 뭐 그리 힘들다고 식당으로 오면서부터 이리 칭얼대는지…….

"왜 날 봐?"

자연스레 멀쩡한 세나에게 향한 시선에 퉁명스럽게 그녀가 물어왔다.

"넌 괜찮나 싶어서."

"별로. 아무렇지도 않아."

"그럼 예슬이나 좀 챙겨줘."

예슬을 한 번 본 세나가 어쩔 수 없다는 듯 고개를 끄덕였다.

"자, 7반도 이동하자."

식사를 마치고 오늘 일정을 위해 설악산 소공원에 모인 우리들은, 먼저 출발한 회색 체육복 차림의 학생들 뒤를 따라 목적지인 흔들바위를 향해 출발했다.

찾기 쉽게 체육복을 입힌 건 알겠지만 이건…….

평일이라 많지는 않았지만, 주변의 등산객 분들이 신흥사 일주문으로 향하는 우리를 보고 웃으며 지나치는 모습에 얼굴이 붉어졌다.

"야, 김예슬… 어깨에서 손 치워라……."

힘들다며 어깨에 손을 올린 녀석 덕에 고개를 들 수가 없을 지경이었다.

"싫어. 힘들어……."

거기 아주머니. 사진은 좀…….

필름 카메라를 이쪽으로 향한 채, 남편분과 즐거워하는 아주머니께서 한참을 우리가 지나가는 모습을 바라보고 계셨다.

흘러간 세월을 그리워하시는 걸까 아니면 지나온 추억에 잠기신 걸까.

일주문을 지나치는 내내 나 역시 그분에게서 눈을 떼지 못했다.

"저게 통일대불이란 거야."

50 다시 한 번

담임 선생님께서 신흥사로 들어서자마자 눈에 들어오는 거대한 불상을 가리키며 말씀하셨다.

사람이 개미만 해 보이는 그 크기에서부터, 통일을 얼마나 간절히 바라는지 느껴지는 것 같다.

언제쯤 통일이 되려나……. 2026년에도 통일은 이루어지지 않았었다.

"와… 엄청 크다."

선생님의 말씀에 솔깃한 건지, 예슬이가 어깨에서 손을 내리곤 불상으로 향하기 시작했다.

"야! 어디가?"

"기다려. 엄마가 여기서 소원 빌고 오랬어."

불교도 아닌 게 무슨. 이왕 비는 거 통일이나 되게 해달라고 빌어라.

불상 앞에서 고개를 꾸벅 숙이며 뭔가를 빈 예슬이 다시 어깨에 손을 올렸다.

"출발!"

"혼날래? 손 안 치워?"

"승민아, 얼른 가자."

평소 같으면 옆에서 거들어줬을 지훈이 녀석이, 만사가 귀찮은 얼굴로 힘겹게 내뱉는 모습이 안쓰러워 어쩔 수 없이 발길을 옮겨야 했다.

"에휴, 가자."

그렇게 얼마 걷지 않아 봄이라는 것을 알리듯, 흔들바위로 향하는 신흥사 돌담길에 내려앉은, 담쟁이덩굴이 우리를 반겨 왔다.

"아, 시원해."

"예쁘다, 그치?"

그늘이 진 돌담길을 걷는 아이들이 들떠선 친구들과 재잘댔다.

"야, 이제 손 내려."

"왜! 힘들어."

"다쳐."

계곡 옆으로 울퉁불퉁한 돌을 가리키며 말을 했지만, 어깨에서 머뭇거리는 예슬이의 손이 느껴졌다.

"예슬아, 그렇게 해. 위험해."

옆에서 차분히 말하는 세나의 말에, 어깨에서 느껴지던 무게감이 사라져 갔다.

"후……."

가파른 돌계단을 오르던 지훈이 힘든지 철 난간을 잡고 서 있었다.

"괜찮냐?"

"말시키지 마. 죽을 것 같아."

그래, 너도 숙취에 이게 뭔 고생이냐.

녀석의 어깨를 두드려 주고 한참을 더 올라가자, 내려오는 다른 반 아이들이 보였다.

"생각보다 큰데."

"그러게."

거의 다 온 건가.

흔들바위에서 바위를 흔드는 아이들의 모습을 보며, 계단 한쪽에 서서 일행을 기다렸다.

예전에 무지 커 보였는데. 나이를 먹은 것 말곤 달라진 게 없는 지금은 왜 이리 작게만 느껴지는지…….

"저거야?"

세나의 손을 잡고 올라오던 예슬이 흔들바위를 보며 물었다.

"어."

"안 흔들리는 거 같은데?"

예슬의 말에 흔들바위를 밀고 있는 모습을 보던 세나가 고개를 끄덕였다.

"그러게."

"그럼 둘이 한번 밀어보든가."

"지훈이 오면 같이 밀어볼까?"

"난 됐어."

세나의 말을 듣긴 한 건지, 예슬이 힘겹게 올라오는 지훈의 팔을 잡아당기며 흔들바위로 향했다.

"김예슬! 이거 안 봐?"

"최승민, 얼렁와! 세나야, 빨리!"

자기도 힘들면서 지훈을 끌고 가는 예슬이의 모습에 망설이는 세나를 손으로 살짝 밀었다.

"뭐하냐? 가자."

"어? 어."

세나와 함께 예슬이 있는 곳으로 가자, 억지로 바위에 손을 댄 지훈이 이미 밀고 있었다.

"야, 흔들려. 그만 쉬자."

"뭐야. 너 혼자 하니까 그렇지. 애들 왔으니까 다시 해."

지훈의 한숨을 구령으로 넷이 밀어보았지만, 뭔가 애매한 느낌이었다.

"흔들린… 건가?"

미묘하단 듯 예슬이 묻자, 지훈과 세나가 정반대의 대답을 했다.

"흔들려… 제발 그만하자."

"아니."

둘의 말에 곰곰이 생각을 하는 예슬이의 표정을 보니, 아마도 밤새도록 밀어볼 요량인 것 같아 중재에 나섰다.

"원래 이렇다더라. 이러다 지훈이 죽겠다. 그만 흔들고 사진이나 한 방 찍고 쉬자."

예슬은 미련이 남은 얼굴로 바위를 한번 보더니, 알았다는 듯 고개를 끄덕였다.

"그래."

"김치~"

찰칵.

반 친구의 도움으로 넷이서 흔들바위 앞에서 기념촬영을 했지만, 인상을 잔뜩 쓰던 지훈이 녀석과 표정 변화 없던 세나의 모습을 부모님들이 보시고 놀라지는 않을까 걱정이 된다.

"으… 힘들어."

"장난 아냐. 나 알 배긴 거 같아."

학생들의 체력을 빼놓기로 작정을 한 듯 하루 일정을 산행으로 잡아 놓은 탓에, 흔들바위를 갔다 비룡폭포를 다녀온 후 저녁 식사를 하는 아이들의 얼굴엔 피로가 가득했다.

"예슬이, 오늘도 고스톱 한번 쳐야지?"

다른 아이들과 마찬가지로 힘들어하는 예슬에게 장난스럽게 묻자, 뾰로통한 얼굴로 숟가락을 식판에 툭 내려놓았다.

"쉴 거야. 자기만 술 안 마셨다고 아주!"

내가 술을 안 마셔?

"알았어. 그럼 쉬세요, 아가씨."

아무리 비위가 좋아도 맨 정신에 토사물로 뒤덮인 저 녀석을 옮길 만큼 강한 놈은 아니란다.

"왜 갑자기 나를 봐?"

"아냐. 밥 먹어."

이 상황을 알고 있는 세나만이 조용히 식판으로 시선을 향한 채 미소를 짓고 있었다.

"승민아."

조용히 밥을 먹던 지훈이 갑자기 고개를 갸웃거리며 물었다.

"어?"

"나 어제 밤에 화장실에 간 적 있냐?"

"현우랑 있다가 잠깐 갔었잖아."

머뭇거리는 사이 대답은 엉뚱한 곳에서 들려왔다.

"그래? 세나야."

"응."

"그랬구나……."

눈을 가늘게 뜬 채 밥을 마저 먹는 지훈을 보며, 현우의 명복을 빌 수밖에 없었다.

불이 꺼진 조용한 방 안에서 잠을 자려고 누우니, 어제의 왁자지껄했던 분위기가 거짓처럼 느껴졌다.

"야."

그 조용한 침묵을 깨는 지훈의 나지막한 목소리가 들렸다.

"응?"

"현우는 모르는 것 같던데?"

아까 현우에게 갔다 오더니 그게 궁금해진 건가.

"그럼 그런 모습을 동네방네 자랑할 것 같았냐?"

"누구누구 아냐?"

"나밖에 몰라. 다른 애들은 니가 술 취해서 옷 입고 샤워한 줄 알아."

"후……."

"어디서 말 안 할 테니까 푹 쉬어라."

한번 그런 별명으로 살았으면 됐지. 두 번은 너도 사양일 거 아냐.

*　　　　*　　　　*

"세나야! 저거 봐~"

"예슬아!"

비선대로 오르는 내내 촐싹대는 예슬을 말리는 세나의 얼굴이 십 년은 늙어 보였다.

"야, 내버려 둬. 저러다 금방 지쳐서 어디 앉아 있을걸."

지훈의 말에도 예슬이 걱정이 되는지, 힐끔 이쪽을 본 세나가 한숨을 내쉬며 그녀를 따라 갔다.

"휴⋯⋯."

"세나가 고생이네."

말하며 지훈을 보자 어제와 달리 웃으며 말을 건네온다.

"그러게."

오랜만에 느껴보는 자연의 경관을 조금이라도 더 눈에 담기 위해 천천히 지훈과 대화를 나누며 숲길을 거닐다 보니 어느새 주변은 맑은 계곡이 흐르는 산길이었다.

"빨리 와~"

뭐가 그리 신이 난 건지, 선생님께서 와선대라고 설명을 해주신 계곡 주변 바위에 앉은 예슬이 손을 흔들어댄다.

"거의 다 왔대."

옆에 앉아 손수건으로 땀을 닦던 세나가 말을 건넸다.

"그래? 아쉽네. 저거 지쳐서 헉헉대는 모습을 봐야 됐는데."

매점에서 사온 음료수를 홀짝대는 예슬을 가리키며 말하자, 세나도 아쉽다는 얼굴로 예슬을 바라본다.

"그럼 슬슬 올라가자."

와선대에서 조금 더 올라가자, 맑은 물이 마치 깎아놓은 듯한 바위를 타고 흐르는 비선대에 도착했다.

"승민아, 사진 찍어줘."

선생님께 이곳이 마고선녀가 하늘로 올라간 곳이란 이야기를 들은 예슬이 선녀라도 된 듯 하늘을 보며 포즈를 취하고 있었다.

"자, 찍는다."

그녀의 바람대로 아직 내려오지 않은 선녀를 찍기 위해 하늘로 앵글을 돌렸다.

찰칵.

"잘 찍었어?"

"응. 완벽해."

그렇게 잊지 못할 추억을 만든 우린, 왜 이곳이 선녀가 내려와 놀던 곳인지 확인이라도 시켜주듯 한 폭의 그림처럼 아름답던 비선대를 내려왔다.

그리고 그 비선대를 끝으로, 마지막 날 일정을 모두 마친 우리는 집으로 향하는 버스에 몸을 실었고, 5월의 푸르름을 떠오르게 할 수학여행은 즐거움과 아쉬움을 남긴 채 이렇게 끝이 났다.

2장

선택

새벽 6시를 조금 넘은 시간이었지만 7월이란 것을 알리듯 맑은 하늘엔 이미 해가 떠올라 있었다.

덕분에 선선했던 봄과 달리 흐르는 땀을 닦으며 우유를 배달해야만 했다.

"자식. 힘들지? 그래도 이제 마지막이니까. 승민아, 조금만 더 힘내자."

빈 상자를 트럭에 넣은 아저씨께서 운전석으로 가시며 말씀하셨다.

"예."

보조석에 앉자마자 출발한 트럭은 배달의 마지막 행선지인 슈퍼마켓 앞에서 멈춰 섰다.

"안녕하세요~"

우유 상자를 들고 안으로 들어가 언제나 살갑게 맞이해 주시는 주인 할머니께 밝게 인사를 건넸다.

"으이긍. 그려, 왔어?"

반갑게 맞아주시며 냉장고 문을 열어주신 할머니께서 우유 상자를 내려놓는 손자뻘인 아이가 기특했는지, 언제나처럼 웃으시며 말씀하셨다.

"다 넣고 먹고 싶은 거 하나 꺼내서 먹어."

"예, 감사합니다."

엉덩이를 토닥여 주신 할머니께서 판매대로 가시고 난 후, 냉장고에서 날짜가 지난 우유를 빼내며 일을 시작했다.

"휴……."

가져온 우유를 모두 넣고 일을 마친 후, 흐르는 땀을 닦으며 손님용 의자에 놓인 신문을 집어 들었다.

페이지를 넘겨 주가를 확인하자, 어제보다 60포인트나 떨어진 종합주가지수가 눈에 띄었다.

IT버블이 본격적으로 주식 시장에 영향을 미치고 있는 건가.

모든 것이 예상대로 흘러가고 있었지만 마음은 편하지 않았다.

막을 수 없는 일이잖아……. 기회가 왔다고 생각하자.

그렇게 마음을 다잡아봤지만 알바를 마치고 학교에 가는 내내 남들의 슬픔으로 내 잇속을 챙긴다는 것이 꺼림칙하기만 했다.

지금은 적은 돈이지만, 미래를 알고 있는 내게 다음은 그렇지 않을 것이 뻔했기 때문이었다.

복잡한 마음으로 교실 문을 열자 교실은 무슨 일인지 아침부터 소란스러웠다.

"아, 짜증나. 좀만 더 열심히 할걸……."

"진짜. 수학만 아니었으면!"

성적이 나온 건가?

우습게도 세상이 IT버블로 요동치든 말든, 여름방학을 얼마 남겨 놓지 않은 학생들의 관심사는 그저 벽에 붙은 1학기 성적이었다.

"최승민, 이번엔 내가 졌어."

성적을 확인했는지 곁으로 오는 세나 역시 별반 다르지 않은 모습이었다.

"뭘 그리 당연한 걸 말하고 난리냐?"

"그래도 시험 평균은 내가 이겼는데?"

결국 처음 점수 차를 극복하지 못한 건가.

"그럼 이번엔 비긴 걸로 하자."

내 말에 승부욕이 발동이 된 건지, 그녀가 묘한 미소를 지었다.

"뭐, 내가 약간 손해지만 그러지 뭐. 근데 이번이 유일한 기회일 텐데 괜찮겠어?"

"이 아가씨가 봐줬더니 못하는 소리가 없어."

그녀와 대화를 나누는 사이, 예슬이 좀비처럼 걸어오는 모습이 보였다.

"승민아, 세나야."

"또 왜?"

"응?"

맨날 망치면서 뭐가 그리 슬픈지 축 쳐진 목소리로 말을 하는 예슬을 보니, 아직 일어나지 않은 문제보단 눈앞의 불똥부터 치워야 할 것 같다.

그래, 겪어보면 알게 되겠지.

"이번 방학에 나랑 도서관 같이 다닐래?"

"너 뭐 잘못 먹었냐? 갑자기 웬 도서관이야."

"아빠랑 약속했단 말이야. 저번보다 성적 안 나오면 도서관 다니기로."

에휴, 그렇게 놀고선 무슨 자신감으로 그런 약속을 한 건지.

"그럼 다녀. 그리고 독서실도 아니고 무슨 도서관이야."

"도서관에도 독서실 있단 말야!"

소리를 지르는 예슬이를 토닥이며 세나가 물었다.

"몇 시까진데?"

"10시."

"미안."

뭐야, 이 녀석. 그렇게 토닥거리면서 아무렇지도 않게 그런 말을 꺼내냐⋯⋯.

세나의 거절에 침울해진 예슬이 딱하긴 했지만, 나 역시 학원을 갔다 오면 4시 정도에 저녁을 먹는다고 치면 5시는 넘어서 갈 텐데.

"야, 그냥 혼자 다녀."

"혼잔 공부도 안 될 것 같단 말이야."

웃기고 있네. 심심할 것 같으니 이게⋯ 음? 가만, 그러고 보니 시열이 녀석도 현성이랑 다니면서 성적이 올랐다고 했는데…….

"흠, 같이 가주면 정말 열심히 할 거야?"

"웅! 웅!"

금세 좋아선 다가오는 예슬이의 머리를 밀어냈다.

"저리 가. 그러면 너랑 지훈이 보충수업 끝나고 해야 되니까 5시
에 도서관에서 만나는 걸로 하자. 됐냐?"

"오케이. 세나도 갈 거지~?"

이거 봐라. 평소 같으면 바락바락 대들었을 녀석이 안 간다고
할까 봐 겁이 났나?

"안 된… 다니까."

유독 살갑게 굴던 예슬이에게 약한 세나가 그녀가 안겨오자
어쩔 줄 몰라 하며 말했다.

"가자~ 웅?"

결국 한참을 시달린 세나의 입에서 결국 승낙의 말이 나왔다.

"알았으니까 이것 좀 놔."

"고마워~"

그럼 이제 지훈이 녀석만 남은 건가?

"지훈이는 간데?"

"후훗."

아무것도 모른 채, 의자에 앉아 하품을 하는 녀석이 왜 이리
불쌍해 보이는지.

"자, 다들 방학이라고 가서 놀 생각만 하지 말고, 오늘 배운 것
들 복습하세요. 그럼 내일 또 봐요."

파마 머리를 한 여선생님의 말씀을 끝으로, 방학으로 인해 10시
부터 시작된 학원 수업이 드디어 끝이 났다.

"세나야, 그럼 이따 보자."

가기 싫은지 힘없는 목소리로 그녀가 대답했다.

"그래, 이따 봐."

학원을 나와 서둘러 작은아버지 댁에서 식사를 마치고, 근처
의 '용서레' 도서관으로 향했다.

"승민아~ 여기!"

교복을 입은 예슬에게 손을 흔들며 다가가자, 역시 학교에서
바로 왔는지 교복을 입은 지훈과 세나가 쓴웃음을 지으며 반겨
온다.

"왔냐, 가자."

"그래."

방학에 이게 뭔 고생이냐는 지훈의 표정에 녀석의 머리를 헝
클어뜨리며 엘리베이터 앞에 서자, 예슬이 어깨를 두드렸다.

"왜?"

"이건 장애인분들 이용하라고 만든 거잖아. 우린 걸어서 가야
지."

이게 웬일이야?

"그래, 그럼 걸어가자."

"그래도 이렇게 아무도 이용하지 않을 때 내버려 두는 건 전
력 낭비 아냐?"

5층까지 걸어가기 싫었는지 세나가 못마땅한 얼굴로 틱틱댄다.

"세나야. 얼마나 걸린다고~"

어색하게 웃던 예슬이 세나의 등을 밀며 계단으로 향했다.

뭐지? 수상한데…….

"야, 어디가?"

4층의 도서 열람실에 도착하자 지훈의 말을 무시하며 예슬이 그대로 안으로 들어가 버렸다.

"이게 또 뭔 짓을 하려고 이래?"

"후~ 일단 들어가 보자."

한숨을 내쉰 세나가 고개를 저으며 들어갔고, 어쩔 수 없이 그녀를 따라 들어가자 수많은 책장 사이에 놓인 책상에 가방을 내려놓던 예슬이 우리를 보며 손짓을 했다.

"야, 이게 뭐냐? 독서실로 가셔야죠."

지훈의 물음에 예슬은 혀를 내밀며 머리를 긁적였다.

"거긴 남녀 따로 앉잖아. 여기서 하자."

"그래. 어차피 공부나 열심히 하면 되지. 일단 앉자."

결국 예슬이의 술수대로 도서 열람실에서 공부를 하게 된 우리가 가방에서 문제집이나 교과서를 꺼내는 사이, 예슬은 자리에서 일어나 어디론가 향하기 시작했다.

"예슬아, 어디가?"

"세나야, 잠깐만."

잠시 후, 만화책 한 무더기를 힘겹게 들고 오는 예슬이의 모습에 뒷골이 당겨온다.

후… 결국 목적은 그거였냐. 이 화상아…….

"흐응~ 흐응~"

콧노래까지 부르며 흐뭇한 얼굴로 자리에 만화책을 놓으려는 그녀에게 말했다.

"일어나서 가기 전에, 그거 당장 제자리에 꽂아놔."

"왜……"

내려놨던 가방을 들자, 입술을 삐죽 내민 예슬이 투덜대며 책장으로 향했다.

"진짜 저건 언제쯤 철이 드려나."

"난 진작에 포기했어. 이럴 줄 알았다."

체념한 지훈의 말에도 관심 없다는 듯 문제만을 풀고 있는 세나의 모습을 보니, 정말 어찌해야 할지 모르겠다.

아무리 그래도 친구인데 관심 좀 가지면 안 되냐……

터덜터덜 예슬이 돌아오자, 세나가 내 말을 듣기라도 한 듯 예슬이의 가방을 살펴보며 말했다.

"예슬아, 공부한다더니 이게 뭐야."

"어… 그게……"

"오늘은 내 영어 문제집 빌려줄 테니까, 연습장에 답 체크하고 풀어봐."

"세나야, 안 그래도 되는데……"

"그럴 거지?"

예슬이 앞에 문제집을 내려놓은 세나가 싸늘하게 웃었다.

"응… 뭐. 그, 그럴까?"

"야, 단어도 모르는데 문제만 푼다고 되겠냐?"

"그런가? 그럼 문제를 풀다 모르는 단어는 연습장에 써놓고 외우면 되겠네."

"으응?"

이건 또 뭔 소리냐며 나와 세나를 번갈아 바라보던 예슬은, 결국 진지한 세나의 모습에 고개를 끄덕였다.

"으… F.a.c.i.l.i.t.y."

억지로 단어를 외우는 예슬이의 모습에 웃음이 나왔다.

"조금 쉬었다 하지그래?"

"넌 신경 쓰지 마!"

원망의 눈초리로 노려보던 예슬이 연습장을 보더니 한숨을 내셨다.

"후……."

그렇게 밤 늦은 한여름, 조용한 도서관엔 예슬이의 한숨만이 맴돌고 있었다.

"과자 먹고 하자."

도서관에 다닌 지 며칠이나 지났다고, 예슬이 또 꾀를 부린다.

"지금 8시 반이야. 갔다 오면 끝이야."

"후딱 갔다 오면 되지."

그래도 녀석치곤 요 며칠 열심히 공부를 하던 것이 생각나 속 아주는 것도 나쁘지 않을 것 같았다.

"알았어, 그러자. 그럼 가위바위보로 정할까?"

웬일로 세나도 군말 없이 손을 내밀었다.

"가위바위보!"

"이게 뭐야?"

가위를 낸 예슬이를 제외하고 모두 주먹을 냈고, 그녀가 억울한 듯 우리를 보자 세나가 입을 열었다.

"그럼 밤에 예슬이 혼자 가긴 그러니까, 너네 둘 중에 한 명이 같이 가."

자기만 쏙 빼놓는 세나의 말에 어이가 없었지만, 시간을 끌기도 뭐해 하는 수 없이 손을 들었다.

"그럼 내가 같이 가지, 뭐."

"과자는 우리가 맘대로 사온다? 승민아~ 가자."

혼자 가지 않는 것이 기쁜지, 서둘러 도서 열람실을 나서는 예슬이의 모습에 둘에게 종이를 건넸다.

"먹고 싶은 거 적어라."

*   *   *

가로등만 휑하니 켜진 공사 중인 건물들을 지나쳐 어두운 길을 걷는데, 괜시리 예슬이 한마디 내뱉는다.

"아, 언제 가나~"

"그러게. 이 시간에 뭔 과자를 먹는다고, 응? 주변에 편의점도 없어서 한참을 가야 하는구만."

"먹고 싶은 걸 어떡해!"

"됐다. 말을 말자."

결국 화를 내는 예슬을 달래며 거리를 걷고 있을 때였다.

"으악!"

나만 들은 것이 아닌지, 예슬이 역시 놀란 얼굴로 걸음을 멈췄다.

"무슨… 소리야?"

"넌 여기 있어."

겁먹은 예슬에게 말을 하곤 소리가 난 쪽으로 달려갔다.

"승민아! 어디가!"

어디지? 이 근처에서 들려온 거 같은데 주변을 둘러봐도 사람의 모습은 보이지 않았다.

설마……. 깜박이는 오래된 가로등만이 주위를 밝히고 있는, 녹색 철책이 쳐진 주차장으로 발을 옮겼다.

스윽…

뭔가 불길한 기분에, 마른침을 삼키며 주차된 차들 사이로 가까이 다가간 순간, 등골이 오싹해졌다.

씨발… 뭐야…….

중년의 남성을 무언가로 찌르고 있는 모자를 쓴 괴한.

퍽! 퍽!

멍하니 그 모습을 보다, 정신을 차리고 남자를 구하기 위해 놈에게 소리쳤다.

"야, 이 미친 새끼야!"

놀라 도망갈 줄 알았던 녀석은, 복부 쪽에 피를 흘리고 있는 사내를 짐짝처럼 바닥으로 밀치며 천천히 내게 다가오고 있었다.

저벅저벅.

침착하자. 최승민… 침착하게…….

"후… 후……."

떨리는 몸을 진정시키기 위해 숨을 천천히 내뱉으며, 여름에 점퍼까지 걸친 놈에게서 시선을 떼지 않은 채 언제 달려들지 모르는 녀석의 행동에 대비했다.

탁! 탁! 탁! 탁!

예슬인가? 오지 마라, 제발…….

그녀가 위험해질까 봐 걱정하고 있을 때, 예상과 달리 오히려 괴한이 누군가 달려오는 소리에 당황한 듯 이리저리 둘러보며 뒷걸음질 치기 시작했다.

놀란 괴한의 모습에 몸을 움직이려 하자, 놈이 앞으로 칼을 휘두르더니 그대로 달아나기 시작했다.

황급히 놈을 쫓으려 했지만, 달려온 탓에 거친 숨을 몰아쉬며, 이름을 부르는 예슬의 목소리에 걸음을 멈췄다.

"승민아… 하아… 무슨 일이야?"

땀으로 범벅이 돼선. 그렇게 기다리라고 했는데도. 하여간 말은 더럽게 안 들어요. 그래도 이 녀석 덕에 산 건가.

하지만 지금은 그런 것보다 남성의 생사가 더 중요했다.

"잠시만 기다려."

제발… 살아 있어라…….

후들거리는 다리를 달래며 SUV 차량 옆에 쓰러져 있는 남자에게 다가가자, 정신을 잃은 그는 다행히 힘겹게 숨을 내쉬고 있었다.

그 모습에 서둘러 윗도리와 런닝을 벗어 상처 부위를 눌렀지만, 혼자서 남자를 들고 그것을 꽉 묶기엔 무리가 있었다.

어쩔 수 없이 그녀를 불러야 했다.

"예슬아!"

"왜? 꺄악!"

그녀가 눈앞에 보인 참혹한 광경에 비명을 질렀다.

"승민아… 아저씨 괜찮아?"

이미 눈에 눈물이 그렁그렁 맺힌 예슬이 떨리는 목소리로 물었다.

"예슬아, 침착해. 지금 내가 이분을 일으킬 테니까, 니가 내 옷으로 좀 묶어줘."

"어떻게 해……."

피가 묻은 옷을 들고 망설이는 예슬에게 다급하게 외쳤다.

"예슬아! 정신 차려! 빨리 병원으로 데려가야 돼! 안 그러면 정말 큰일 나!"

"웅! 으으……."

예슬이 바들바들 떠는 손으로 상처 부위를 묶어 응급조치를 취했지만, 이게 제대로 한 것인지 알 수 없었다.

급박한 상황에 어떻게 해야 할지 막막하기만 했다.

119를 불러야 했지만 휴대폰이 없었고, 이곳을 벗어나자니 범인이 다시 돌아와 남자를 해칠 것 같은 불안감이 들었다.

젠장. 이럴 줄 알았으면, 예슬이가 핸드폰을 살까 고민할 때 그냥 사라고 할걸.

"예슬아, 내가 여기 있을 테니까 니가 빨리 가서 119에 신고해."

"내가?"

"얼른!"

머뭇거리는 예슬에게 화를 내자, 움찔 몸을 떤 그녀가 마지못해 일어나 자리를 벗어나려고 할 때였다.

툭!

그녀의 발에 무언가 걸리는 소리에 밑을 보자 구르고 있는 차 키가 보였다.

"예슬아, 잠깐만."

"어?"

떨어진 차 키를 주워 열림 버튼을 누르자, 눈앞의 SUV 차량에서 '탈칵' 소리가 났다.

열리는 문을 보자 탈까란 생각이 머릿속을 스치고 지나갔다.

예슬이 지금 돌아가서 신고를 한다고 해도, 적어도 15분 이상이 소요된다.

차라리 그 시간에 차를 타고 가면 근처의 병원에 도착할 수 있는 시간.

119에 연락을 했다면 모를까, 응급처치조차 제대로 못 한 지금은 고민할 겨를이 없었다.

서둘러 뒷좌석의 문을 열었다.

"야… 문을 왜 열어?"

"일단 이분 여기다 싣고 이야기하자. 예슬아 다리 좀 들어줘."

놀라는 예슬을 다독이며 남자의 어깨를 들고 뒷좌석으로 조심스레 옮기기 시작했다. 다리가 거의 들어왔을 때 반대쪽으로 내리며 예슬에게 말했다.

"그대로 잠깐만 들어줘."

"응……."

긴장을 한 채 다리를 드는 예슬의 뒤로 돌아가서 말했다.

"내려와 봐."

"했어."

예슬의 몸을 살며시 밀며 문을 닫고, 그대로 차에 시동을 건 채 출발했다.

"야! 뭐하는 거야!"

넘어지진 않았지만 놀란 예슬의 외침에 남자를 가리키며 말했다.

"야, 떨어져! 꽉 잡아."

황급히 남자를 손으로 잡으며 예슬이 울음이 섞인 목소리로 외쳤다.

"최승민! 차 세워! 이러다 다 죽어, 바보야!"

떨어질까 그를 잡은 손을 덜덜 떨며 계속 세우라고 소리치는 예슬에게, 미안함을 안은 채 차의 속도를 높였다.

신호마저 무시한 채 도로를 달리자, 어느새 가까운 위치에 있던 송인병원에 도착할 수 있었다.

서둘러 응급실로 달려가, 문을 열자 안에 있던 사람들의 비명 소리가 들려왔다.

"꺄악!"

"뭐여!"

그제야 위에 아무것도 걸치지 않은 채, 온몸에 피칠갑을 하고 있다는 것을 깨달았다.

젠장.

"도와주세요. 사람이 칼에 찔렸어요!"

간절함이 통한 걸까, 놀라고 있던 간호사 한 명이 내게로 달려오고 있었다.

"어디 있어요?"

"이쪽으로!"

그녀를 안내해 응급실 앞에 세워진 차문을 열자, 아직도 남자를 붙잡은 채 떨고 있는 예슬이 보였다.

"학생, 비켜 봐요!"

정신을 잃고 있는 남자를 본 간호사는 예슬에게 다급하게 외치며 뒷좌석으로 들어갔고, 남자의 상태를 확인하던 그녀가 급히 응급실 쪽으로 달려갔다.

"저기요!"

갑작스러운 일에 놀라 서둘러 간호사를 따라가자, 그녀는 응급실 안에서 전화로 어디론가 연락을 취하고 있었다.

한시가 급한 상황이었기에 초조하게 그 모습을 지켜봐야 했다.

다행히 잠시 후, 의사 몇 명과 간호사들이 응급실에 놓인 바퀴가 달린 의료용 침대를 끌고 차 안의 남성을 옮기기 시작했고, 그제야 안도감이 몰려오며 아차 싶었다.

이 미친놈아. 잊을 게 따로 있지!

잊고 있던 예슬이 생각나 서둘러 차로 달려가자, 아까의 급박한 상황을 보여주듯 시트를 적신 피가 밑으로 방울져 떨어지는 뒷좌석 바닥에 그녀가 주저앉아 있었다.

안 그래도 내가 운전을 하는 모습에 놀랐을 그녀가 얼마나 더 놀랐을까.

"예슬아! 괜찮아?"

미안한 마음에 서둘러 그녀를 부축해 차에서 내렸다.

"……."

아무 말 없이 눈물을 닦으며 차에서 내린 예슬이 내 뺨을 내려쳤다.

"미안."

"히끅……."

그래도 분이 안 풀렸는지, 갑자기 뭔가 말을 하려다 딸꾹질을 하는 예슬에게 다가가 그녀의 등을 말없이 두드려 주었다.

"잠깐 이쪽으로 와주실래요!"

예슬을 달래고 있을 때, 아까 내게 달려와 주셨던 간호사 분께서 우리를 불렀다.

"예, 예슬아. 일단 들어가자."

"아깐 밀어서 미안해요. 많이 놀랐죠?"

"괜찮아요……."

옆에서 훌쩍이는 예슬을 간호사 분께서 안아주시며 의자에 앉혔다.

"그쪽도 앉아요."

"감사합니다. 근데 무슨 일로 부르신 거죠?"

"아까 환자분이 칼에 찔리셨다고 했죠?"

"예."

"그럼 혹시 경찰엔 연락했어요?"

"아니요. 그럴 상황이 아니어서……."

그럴 줄 알았다는 듯 쳐다보는 간호사를 보니, 그녀에게 고마움을 느꼈다.

하마터면 용의자가 될 수도 있었던 아찔한 상황이었던 건가.

"잠시만 기다려요. 경찰에 연락할 테니까."

"예, 그런데 그분은 괜찮으신가요?"

"아직은 수술 중이라 정확히 알 수가 없어요."

"아, 예."

간호사분께서 경찰에 연락을 하러 가자, 이제야 진정이 됐는지 예슬이 내 이름을 불렀다.

"최승민."

"어?"

"한 번만 더 그러면 진짜 죽어?"

나도 이런 경험 두 번은 사양이야.

"그래, 알았어. 근데 이제 괜찮아?"

"뭐… 응."

예슬이와 이야기를 나누는 사이, 전화를 마쳤는지 간호사분께서 우리에게 다가왔다.

"경찰에 연락을 했으니까 곧 올 거예요."

"감사합니다. 근데 저희가 안 한 줄 어떻게 아셨어요?"

"119로 온 것도 아니고, 칼에 찔린 사람을 급하게 데려왔잖아요. 그런 경우엔 보통 정신이 없어서 많이들 그래요."

역시, 나이가 좀 있어 보이더니 경험이 있으신 건가.

"그리고 이거 환자복인데, 그래도 벗고 있는 것보단 낫겠죠?"

"아… 감사합니다."

여태껏 맨몸으로 있었다는 민망함에, 서둘러 환자복을 걸치며 간호사께 물었다.

"근데 가족들에게 연락은 됐나요?"

"예, 아까, 환자분 수첩에서 연락처를 찾아서 동생분께 연락을 드렸어요."

"후, 다행이네요."

"그럼 경찰이 올 동안 조금 쉬어요. 정신도 없으실 텐데."

"예."

병원 소독약 냄새가 익숙해질 무렵, 응급실 문을 박차고 땀을 뻘뻘 흘리는 삼십 대 중반의 남성이 들어왔다.

주위를 둘러본 남자는 숨을 헐떡이면서도 진찰을 보는 의사에게 달려가 물었다.

"우리 형님, 칼에 찔려서 이리로 왔다는 전화를 받고 왔는데 어디 있습니까?"

"혹시 전형민 씨이십니까?"

"예, 제가 전형민 맞습니다."

"이 간호사 이분 좀 안내해 드려요."

옆에서 의사를 돕던 간호사가 그분을 데리고 응급실을 떠나셨다.

저분 성이 이 씨셨구나.

잠시 후, 이 간호사와 함께 돌아온 전형민이라던 남자가 내게 다가와 꾸벅 고개를 숙이며 악수를 청했다.

"고마워요. 청년이 우리 형님 목숨을 구해줬다고?"

눈시울을 붉히시는 남자의 모습에 어찌할 바를 몰라, 그저 내민 손을 잡으며 괜찮다는 말을 건넸다.

"아니에요. 정말 이러실 필요 없어요."

한참을 그와 실랑이 아닌 실랑이를 벌인 끝에야 겨우 진정을 시킬 수 있었다.

칼에 찔린 남자의 동생이 수술 대기실로 가기 전에 해주신 이야기를 듣고 나니, 그분이 더욱 안쓰러워졌다.

서울 사시는 분도 아니셨고 단지 동생인 자신을 만나러 잠시 올라왔다 내려가는 길에 변을 당하셨다니.

그런데 이상한 점은 형이 잘 내려갔는지 걱정된 형민 씨가 분명 그분의 핸드폰으로 전화를 거셨다는데 우리는 그 핸드폰을 발견하지 못했다는 것이다.

혹시 차 키처럼 주변에 있었던 걸까? 그렇다면 왜 우린 발견하지 못했을까?

"근데 경찰 오면 뭐라고 말하지?"

"응?"

"너 말이야. 어쩔 거야, 바보야!"

예슬이의 말에 무면허 운전을 했던 사실이 떠올랐다.

"어떻게든 되지 않을까?"

예슬이를 안심시키기 위해 웃으며 말을 했지만, 고개를 절레절레 흔들며 나를 보는 그녀의 얼굴엔 걱정만이 가득했다.

"지금 웃음이 나와?"

"아, 그럼 어쩌냐. 이미 물은 엎질러졌는데. 울기라도 할까?"

"몰라. 니가 알아서 해."

호랑이도 제 말하면 온다더니, 검은색 티셔츠에 청바지를 입은 삼십 대 초반의 건장한 남성이, 문을 열고 안으로 들어오며 굵직한 목소리로 말했다.

"강서경찰서 강력계 박준혁입니다. 범죄 목격자가 있다는 연락을 받고 왔습니다."

이 간호사님께서 야속하게도 박준혁 형사를 우리에게 안내해 주셨고, 예슬이의 피로 물든 하복 블라우스를 보신 그분이 씁쓸한 얼굴로 물었다.

"음? 아직 어려 보이는데. 너희가 칼로 사람을 찌르는 놈을 봤다고."

"예."

"그래? 여기는 조금 그러니까 밖으로 나가서 이야기를 좀 할까?"

응급실을 한번 둘러본 박준혁 형사님은 병원 밖으로 우리를 데리고 나가셨다.

"그래, 일단 앉고. 너희 잡아먹으려고 온 거 아니니까 그렇게 긴장 안 해도 돼. 그냥 아는 대로 편하게 사실대로만 말해. 알겠지?"

병원 벤치에 앉자 형사님은 웃으시며 말씀하셨지만, 짧은 각두기 머리에 건장한 체격의 남자가 웃는 모습에, 찔리는 것이 있는 예슬의 얼굴은 더욱 굳어만 갔다.

"둘 다 학생이니? 고등학생?"

"예……."

떨리는 목소리로 예슬이 대답했다.

"자, 거기 남학생. 이름이 어떻게 되지?"

긴장한 예슬이를 보던 형사님께서 제대로 답을 듣지 못할 것 같았는지 나를 지목하며 물으셨다.

"최승민이라고 합니다."

"그래, 그럼 승민이가 어떻게 된 건지 설명해 줄래?"

웃으시던 박 형사님께서 진지한 얼굴로 바라보신다.

"예, 용서례 도서관에서 공부를 하다가 8시 30분쯤 친구들이 과자를 먹자고 해서 저랑 예슬이랑 사러가게 됐는데, 한참을 걷다 비명 소리를 듣게 됐어요."

차분히 이야기를 듣는 형사님과 달리, 무면허 운전을 한 것 때문에 상황을 설명하는 목소리가 떨려왔다.

"음, 둘 다 들었니?"

"예, 걷다가 갑자기 들린 소리에 둘이 동시에 멈췄었어요."

수첩을 꺼내 뭔가를 쓰신 박 형사님께서 손을 내밀며, 계속하라는 제스처를 취하신다.

"그래, 계속 말해봐."

그때의 기억이 떠올랐다. 불길했던 주차장, 저항조차 못하는 남자를 찌르던 괴한.

"예. 그래서 예슬이 보고 기다리라고 한 뒤, 비명 소리가 들렸던 곳으로 갔더니 아무도 없어서 혹시나 하고 길옆에 어두운 주차장 같은 곳으로 갔는데, 거기서 모자를 쓴 사람이 차들 사이에서 누군가를 찌르고 있었어요."

나도 모르게 말이 빨라졌는지, 진정하란 듯 형사님께서 말씀하셨다.

"승민아, 천천히 이야기해도 돼."

"예, 그 모습에 잠시 정신이 멍해져서 가만히 있다가, 남자를 구해야겠다는 생각에 소리를 질렀어요. 그랬더니 오히려 칼을 든 그 사람이 제 쪽으로 걸어오면서 저를 위협하다 예슬이가 뛰어오는 소리에 당황하더니 놀라서 달아났어요."

"후…… 뛰어온 것도 아니고 걸어왔다고?"

"예……."

범인에 대한 이야기를 듣던 형사님의 미간이 깊게 패였다.

"단단히 미친놈이었구만. 그래, 놈에 대해 기억이 나는 건 없니? 뭔가 특이했던 점이나 키나 생김새 같은 거 말이야."

"그게… 어두웠고 모자를 쓰고 있어서 얼굴은 잘 보질 못했어요. 하지만 키는 그리 크지 않았었던 걸로 기억해요. 칼이 없었다면 그리 위협적인 덩치는 아니었으니까요."

"음… 너무 추상적인데. 혹시 옷차림은 어땠니?"

난감해하는 박 형사님께 도움을 드리고자 기억을 떠올려 봤지만, 검은색? 파란색? 긴 바지를 입고 있었고 위는 반팔이었나?

"음… 위는 아마 반팔이었을 거예요. 바지는 청바지 종류의 긴 바지를 입고 있었는데, 색은 정확히 모르겠어요."

"아… 이거 참."

말을 하고 나니, 내가 박 형사님이라도 막막할 것만 같았다. 그때 형민 씨가 해준 이야기가 떠올랐다.

"아! 아까 피해자 동생분께서 오셨는데, 핸드폰으로 전화를 거셨다고 했어요. 그런데 저희는 벨소리나 진동 소리를 듣지 못했어요. 피해자분께서도 핸드폰은 가지고 있지 않으셨구요."

"혹시 그곳에서 얼마나 있었는지 기억나니?"

"저희가 9시 정시에서 10분 사이에 병원에 피해자 분을 데리고 왔으니까… 한 칠팔 분?"

길게만 느껴졌었는데, 5분이 조금 넘는 시간이었나.

"그러면 너희가 떠나고 나서 전화가 걸려 왔을 가능성도 있겠구나. 아니면 범인과 몸싸움을 하다가 어디론가 떨어졌을 수도 있고."

"그런데……."

"잠시만."

마음을 다잡고 운전을 했다는 것을 말하려는 순간, 박 형사님께선 핸드폰을 꺼내시더니 어디론가 전화를 거셨다.

"어, 이 형사. 아까 신고받은 목격자분들 진술받고 있는데, 거 용서레 도서관 근처에 주차장 하나 있잖아. 어, 그래. 조그만 거, 우리 순찰 지역 근처. 거기서 사건이 터졌다니까, 가서 조사 좀 해봐. 웅. 웅. 그리고 근처에 핸드폰 떨어져 있나 자세히 좀 살펴봐. 그래, 수고하고."

전화를 마치신 박 형사님께서 핸드폰을 바지에 집어넣으시며 한숨을 내셨다.

"그래, 승민아. 아까 하려던 말이 뭐니?"

"아… 아니에요."

말할 타이밍을 놓치니, 쉽사리 입이 떨어지지 않았다.

"하, 그럼 예슬아. 너는 범인을 못 본거니?"

"예… 제가 갔을 땐 승민이만 있있어요……."

"그래, 그럼 정리를 좀 해보자. 그러니까 너희 둘이 8시 30분쯤에 도서관을 나와서 10분 정도 걷는데 비명 소리를 들었고, 승민이가 달려가 보니 모자를 쓴 반팔 차림의 범인이 피해자를 찌르고 있었고, 승민이랑 대치하던 범인이 예슬이가 달려오는 소리에 도망을 갔다. 그리고 너희가 피해자를 병원으로 데려갔더니 9시가 조금 넘은 시간이었다. 맞니?"

"예."

우리가 고개를 끄덕이자, 수첩에 내용을 적던 박 형사님께서 갑자기 고개를 들었다.

"시간이 말이 안 되는데? 그래… 이상해. 왜 처음부터 생각을 못했지. 분명, 신고 내용은 차를 타고 왔다고 했는데, 너희가 운전을 했을 리 없잖아. 한 명이 더 있어야 아귀가 맞지."

박 형사님께서 날카로운 눈으로 나와 예슬을 훑어 보셨다.

그래, 말씀드리자.

"그게……"

입을 여는 내 옆구리를 몰래 찌른 예슬이 말하지 말라는 듯 고개를 저었다.

그러나 산전수전 다 겪었을 형사님께서 그 모습을 놓치실 리 없었다.

"예슬아, 누구니? 혹시 그 사람이 위협이라도 한 거야? 아니면 말하지 말라고 부탁했니?"

"……."

박 형사님은 사건의 단서라도 가지고 있을, 또 다른 목격자를 찾을 수 있다고 생각하시는지, 말을 못하고 눈을 피하는 예슬이를 달래셨다.

"뭔 일인지 모르겠지만, 걱정하지 말고 나한테 말해봐. 이래 보여도 형사 생활만 10년이야. 너에게 피해가 가지 않게 할 테니까. 응?"

형사님의 말에도 고개를 흔들며 내게 말하지 말라는 듯, 계속 이쪽을 보는 그녀에게 고개를 저었다.

"제가 했습니다."

"뭐? 너 지금 니가 무슨 말을 하고 있는지 모르나 본데. 사람이 찔렸다고 인마! 너 말고 먼저 피해자를 발견한 게 누구야!"

"정말로 제가 했어요. 확인해 보시면……."

감정을 참지 못하셨는지 강하게 멱살을 잡으시는 형사님의 행동에, 하려던 말을 끝맺을 수가 없었다.

"승민아, 혹시 그 사람이 차량털이라도 하고 있었니? 그래서 말하면 가만 안 둔다고 한 거야? 경찰이 오면 이렇게 말을 하래!"

"정말이에요! 승민이가 했어요!"

멱살을 잡고 흔드는 형사님을 예슬이가 말리며 다급하게 외쳤다.

"너희 둘 다, 지금 한 말 거짓이면 혼날 각오해. 따라와. 니가 운전을 했다고, 그 먼 거리를? 차가 어느 거야?"

병원 앞에 싼타페를 가리켰다.

"키는?"

"피해자 동생분께 드렸어요."

"역시. 피해자 차량이었구만."

박 형사님은 내 말에 차량 털이범이 먼저 그 사건을 본 것이라고 확신하신 듯, 비꼬는 말투로 말했다.

"동생분은 집으로 가셨니?"

"정말이에요! 승민이가!"

그 모습에 억울한 듯 화를 내려는 예슬을 말리며 형사님께 대답했다.

"예슬아! 아니요. 피해자분이 수술 중이시라 대기실로 가신다고 하셨어요."

형민 씨에게 차 키를 받고 차 앞으로 돌아오자, 형사님께서 운전석에 오르시며 말씀하셨다.

"차를 운전을 했다고? 자 타."

"예슬아, 넌 여기 있어."

"싫어."

예슬에게 말하자, 형사님을 한번 본 그녀가 불안했는지, 눈을 질끈 감고 뒷좌석에 몸을 실었다.

"아… 이게 무슨 짓인지……."

차를 몰아, 근처 초등학교 운동장에 도착하신 박 형사님께서 괜한 짓을 한다는 것처럼, 혀를 차며 운전석에서 내리셨다.

그렇게 보조석에 박 형사님을 태우고 싼타레로 운동장을 누비자 뭔가 생소한 기분이었다.

경찰을 옆에 태우고 무면허 운전을 하고 있다니…….

익숙한 듯 차를 모는 내가 믿기지 않으셨는지, 박 형사님께선 계속 옆에서 이것저것 시키셨고 난 그의 말대로 커브나 여러 가지 동작을 취해야만 했다.

그렇게 아무렇지 않게, 운전대를 이리저리 움직이는 모습을 멍하니 바라보시던 형사님께선, 입을 다물지 못한 채 이제 됐다는 듯 손을 흔드셨다.

"이제 승민이 니가 운전을 했단 거 알겠으니까. 그만 됐어."

아직도 놀람을 금치 못하시는 형사님께서, 운전대에 앉으시며

—예슬을 보조석에 앉게 하고—뒷좌석에 앉은 내게 물어 오셨다.

"야, 정말 나이만 몰랐으면 면허가 있는 줄 알았겠어. 승민이 너 이놈 많이 해본 솜씨야?"

"올해 시골에서 전학 왔거든요. 옥수수 밭에서 아버지 트럭을 몰래 몇 번 몰아봤어요. 뭐, 결국 논길을 가다가 논두렁에 빠져서 아버지께 엄청 혼났지만⋯⋯."

"뭐라고, 이 녀석아?"

논두렁에 빠졌다는 것은 거짓은 아니었다. 물론 무면허는 아니었지만 스무 살, 아버지께 트럭을 몰아 보겠다고 자신 있게 나섰다가 논두렁으로 빠지는 바람에 성인이 되어 처음으로 아버지께서 아직 정정하시다는 것을 얼굴로 느낄 수 있었다.

그리 즐거운 기억은 아니었지⋯⋯.

"뭐 그 후론 한 번도 안 했어요."

다행히 형사님께선 의심이 풀리셨는지, 내 말에 황당해하면서도 아까와 달리 웃고 계셨다.

"그런 것치곤 이 녀석아, 병원까지 너무 빨리 간 거 아냐?"

"빨리 병원에 가야 한다는 생각에⋯⋯."

"하여간 니놈이 운전을 했다는 건 알겠는데⋯ 이번 사건은⋯ 참⋯⋯."

말을 흐리는 박 형사님의 얼굴엔 뭔가 아쉬움이 남아 있는 것 같아 보였다.

다른 목격자가 있다고 믿고 계셨던 탓일까?

하긴 내가 얼굴만 제대로 봤어도 이 사건은 끝이었을 테니 이해가 가긴 했다.

"그거 봐요. 승민이가 했다니까 안 믿더니."

아까 화를 내신 것이 내심 서운했는지 예슬이 형사님을 힐끔 보며 투덜댄다.

"그래그래, 예슬아. 아저씨가 미안해."

"피……."

"그래도 형사 생활 7년 만에 이런 일은 처음이다."

예슬을 달래려고 꺼낸 말이 오히려 그녀의 화를 돋우고 말았다.

"10년이라면서요?"

"어? 내가 그랬나? 예슬이가 잘못 들었을 거야. 발음이 비슷하니까. 하하."

못 믿겠단 예슬이의 눈을 피하며 형사님께서 화제를 전환하셨다.

"어… 그나저나 이제 경찰서로 가서 목격자 진술서를 작성해야 돼."

"네? 아까 다 들으셨잖아요."

예슬이 의아해하자 형사님께서 머리를 긁적이며 말씀하셨다.

"그래도 진술서를 받아놔야 돼. 안 그럼 불법이야. 그냥 보고 사인만 하면 되니까 걱정하지 않아도 돼."

박 형사님의 말에도 예슬은 불안한 모습을 보였다.

"형사님."

"응?"

"근데 승민이는 이제 어떻게 되는 거예요?"

예슬의 질문에 단지 내가 운전을 했다고 끝날 일이 아니었단

것이 생각났다.

형사님께서도 잊고 계셨는지 잠시 멈칫하시곤 말을 꺼내셨다.

"무면허에 과속에 신호 위반까지, 뭘 어떻게 소년원에서 한 6개월 푹 쉬다 오는 거지."

"예?"

어쩔 수 없다는 듯 말씀하시는 형사님의 모습에 예슬이의 눈동자가 흔들렸고, 나 역시 순간 가슴이 철렁했다.

이 나이에 소년원이라니…….

보통 벌금 아닌가? 그저 몇 번 이야기만 들었지.

직접 해본 적이 없으니 알 길이 없었다. 법 없이 살 수 있다고 생각했는데, 정작 법이 뭔지도 모르고 있었다니.

그저 아들 하나라고 철석같이 믿고 계신 부모님께 뭐라고 말씀을 드려야 할지 막막하기만 했다.

"안 돼요…….."

떨리는 예슬의 목소리가 내 마음을 대변하는 것만 같았다.

"그러게. 죄를 짓는 게 아냐."

진지하고 무겁게 말씀을 하시는 형사님을 보는 내내 속은 타들어만 갔고 착잡함에 한숨만 나왔다.

"후……."

"꼬마 아가씨가 울 것 같아서 장난은 여기까지 해야겠네."

"네?"

형사님의 여유로운 말투에 고개를 드니, 그는 웃으며 안심하라는 듯 예슬이의 머리를 쓰다듬고 계셨다.

"많이 놀랬니, 승민아?"

"뭐… 예."

"가긴 어딜 가. 구하고 싶어도 못 구하는 게 사람 목숨이야."

형사님께서 안심하란 듯, 차량 거울로 나를 한번 보시곤 말씀을 계속하셨다.

"걱정하지 마. 잘해야 기소유예일 테니까. 이쪽에서 일을 하면 별의별 일을 다 겪어. 법도 결국 사람이 만든 거야. 너같이 특별한 케이스에 맞춰진 법도 있다는 말이지."

"기소… 유예요?"

무죄가 아니란 말에 예슬이 조심스럽게 형사님께 물었다.

"어떻게 설명을 해야 되나… 그러니까 죄를 지으면 어른들이 빨간 줄이 간다 그러지?"

"네."

"그 빨간 펜을 쥐고 있는 사람을 검사라고 불러. 그분이 승민이 이야기를 들어보니까, 비록 죄를 지었지만 죄를 묻기엔 너무 안타까운 사연이야. 그런 경우에 열었던 펜을 닫고 손에 쥐고 있는 거지. 이번은 니 사정이 특별하니 넘어가 주마. 그래도 죄는 지었으니, 또다시 죄를 지으면 이것까지 물을 거야. 라고 하는 게 기소유예야."

"그래서 어떻게 되는 건데요? 기소유예도 죄란 거잖아요?"

예슬의 물음에 고민을 하시던 형사님께서 입을 여셨고, 나 역시 궁금했던 이야기인 탓에 긴장을 하며 하시는 말씀에 집중했다.

"후, 어찌 보면 죄를 인정한다는 전제하에 검사가 하는 행위니까, 그래 봤자 미성년자니까 3년이면 그 기록도 없어져. 걱정하지 않아도 돼. 뭐……."

"예?"

"아니야. 몰라도 되는 일이야. 그냥 무죄라고 생각하면 돼."

"예……."

"어쨌든 나도 반장님께 말씀드려서, 담당 검사님께 잘 좀 이야기해 달라고 부탁할 테니까. 잘될 거야."

"감사합니다."

"됐다. 앞으로 운전이나 하지 마."

"예."

다행히 무면허 운전 사건은 좋은 방향으로 일단락이 났고, 형사님과 함께 경찰서로 간 우리는 부모님께 연락을 드린 후 진술서를 작성했다.

"이제 좀 놔라."

경찰서에 들어간 뒤, 구치소의 험악한 사내들과 사건을 처리하는 형사들의 모습에 겁을 먹고 옷을 꽉 잡던 예슬이 나왔는데도 손을 놓지 않았기에 한마디 했다.

"어? 응."

아무렇지 않은 척 그녀에게 말을 건넸지만, 나 역시 이 나이 먹도록 처음 가본 경찰서에 긴장이 됐던 것은 마찬가지였다.

뭐 다시는 올 일도 없겠지만. 죄를 짓지도 않았는데 저절로 몸이 움츠려 들던 그 기분은 두 번 다시 경험하고 싶지 않았다.

"둘 다 오늘 고생 많았어. 자. 아까 연락드렸으니까 부모님들께서 곧 오실 거야."

"예. 감사합니다."

박 형사님께선 커피를 건네주시며, 우리에게 안심하란 듯 말씀하셨다. 그리고 커피를 거의 다 마실 즈음 차 한 대가 경찰서에 들어섰다.

"예슬아!"

경찰서에 도착한 차에서 내린 중년의 남성이 예슬이의 이름을 부르며 달려왔고, 지훈과 세나가 그의 뒤를 따르고 있었다.

"아빠!"

그 소리에 반가워하며 예슬은 인자해 보이시는 그녀의 아버지 품에 안겼다.

"이 녀석아! 걱정했잖아……."

자신의 품에 안겨 있는 예슬에게 걱정이 가득 담긴 목소리로 말씀을 하시던 그녀의 아버님께서 놀라신 듯 예슬을 살피셨다.

"너 옷이… 왜 이래… 어디 다친 거니!?"

"아니야… 그게……."

떨리는 손으로 예슬을 살피는 아버님께 그녀가 선뜻 입을 열지 못하고 있자, 그 상황을 보시던 형사님께서 예슬이 아버님께 다가가셨다.

"예슬이 아버지 되십니까?"

"예, 그렇습니다만… 혹시 연락을 주셨던 형사님이십니까?"

아버님께선 예슬이를 살피느라 미처 신경 쓰지 못했던 형사님이 말을 걸어오시는 모습에 놀라신 듯 보였다.

"아, 예. 제가 연락을 드린 강서 경찰서 강력계 박준혁 형사라고 합니다."

"그래요. 근데 무슨 사건을 목격했단 연락은 받았습니다만, 설마 얘가 무슨 일이라도 당한 겁니까?"

예슬이에게 무슨 일이 생긴 건 아닌지 걱정하며 묻는 아버님을 형사님께서 웃으시며 안심시키셨다.

"아니요. 오히려 위험에 처한 시민을 따님이 구했습니다."

"예슬이가 사람을 구해요?"

"예, 실은……."

형사님께서 예슬이의 아버님께 정황을 설명해 주시는 사이, 세나와 지훈이 내 곁으로 다가왔다.

"사람을 구했다고?"

가방을 건네주며 뭔 소리냐는 듯 지훈이 물어왔다.

"어. 이야기하면 좀 기니까 나중에 말해줄게. 일단 그렇게만 알고 있어. 근데 니들은 어떻게 온 거야?"

"지훈이가 예슬이 아빠한테 연락했어. 도서관이 닫을 때까지 소식이 없는데, 별수 있겠어. 경찰서에서 연락이 안 왔으면 예슬이 아빠랑 같이 찾으러 가려고 했었어."

"그래? 잘했어. 아무튼 둘 다 걱정시켜서 미안하다."

"후… 됐다. 니들이 무사하면 된 거지."

지훈의 말에 세나가 옆에서 고개를 끄덕였다.

녀석들…….

그렇게 한참을 대화를 나누던 아이들은 형사님께 사정을 전해 들은 예슬이 아버지의 차를 타고 집으로 귀가를 했고, 난 소식을 듣고 찾아오신 작은 아버지의 차를 타고 하숙집으로 향할 수 있었다.

걱정하시는 작은 아버지 내외분을 안심시키고 나서야 들어온 하숙집엔 다행히 모두 주무시고 계셨고, 덕분에 별 소란 없이 화장실로 들어가 아까의 참상을 떠올리게 하는 몸의 잔재들을 씻어낼 수 있었다.

"후……."

샤워를 마치고 침대에 눕자 오늘 일이 주마등처럼 머리를 스치고 지나갔다.

참 나, 과속 딱지 한 장 받아본 적 없던 내가 무면허 운전이라니… 생각할수록 어이가 없었다.

이게 대체 무슨 일인지 모르겠네. 법이라곤 어겨본 적도 없었는데…….

"어쨌든 도서관은 이제 끝인가."

경찰서 앞에서 이제 도서관엔 다니지 말라고 말씀하시던 예슬이 아버님의 걱정 어린 눈빛이 생각났다.

"예슬이가 이제야 조금 공부를 하나 했었는데. 내가 아버님이었어도 같은 말을 했을 테니, 아쉽지만 어쩔 수 없나."

10시가 다 돼서야 잠에서 깬 난 어제의 일 때문인지 악몽을 꾸어 좋지 않은 기분을 털어내며 학원 수업을 위해 방을 나섰다.

"승민아, 전화왔어!"

계단을 내려오고 있는데 아주머니께서 급하게 달려오셨다.

"예?"

무슨 일이시길래 이렇게 급하게 오시는 거지?

"무슨 박 형사라던데? 너 무슨 일 있니?"

어제 일에 대해 물어볼 게 아직 남으신 건가? 걱정을 하시는 아주머니를 진정시키며 거실로 향했다.

"아니에요. 어제 우연히 사람을 구했거든요. 그것 때문일 거예요."

"그래? 그럼 얼른 받아봐."

"예."

안심을 하시는 아주머니를 지나쳐 서둘러 전화를 받았다.

"여보세요?"

―어. 승민이니? 박준혁 형사야. 기억하지?

하룻밤에 지나지 않았으니 당연한 일이었다.

"예, 박 형사님. 근데 무슨 일로?"

―응. 자세한 건 만나서 이야기해 줄 테니까 일단 나와 볼래? 하숙집 골목길 앞 도로에 있거든.

"예, 알겠습니다."

기다리고 계실 박 형사님을 위해 황급히 집을 나섰다.

"어, 승민아. 여기야!"

어제 우리를 태워주신 차 앞에서 형사님께서 반갑게 손을 흔들고 계셨다.

"안녕하세요."

"자, 일단 타자고."

급하신지 서둘러 운전석에 앉으시는 형사님의 모습에 보조석의 문을 열었다.

"학교에 있을 줄 알았는데, 가보니 없더라고. 너희 담임 선생님께서 작은아버지 댁에 전화를 해보래서 했더니 여기로 또 하라네. 너 이놈 대체 뭐야?"

"아, 작은아버지 댁에 살 형편이 안 돼서 하숙을 하게 됐어요."

"그래? 너도 고생이 많다."

"별로 그렇지도 않아요. 저… 근데 형사님 무슨 일이세요?"

"아, 오늘 어제 피해자가 의식을 차리셨다는 연락을 받고 갔다 왔는데, 아직 정신이 없으신지 아무것도 기억을 못 하시더라고……. 그래서 어제 사건 현장에 가면 니가 뭐라도 기억할까 싶어서 말이야……. 괜찮지? 혹시 부담되면 갈 필요 없어."

씁쓸하게 말씀을 하시는 형사님의 모습에, 기운을 돋게 하려고 일부러 웃으며 말을 건넸다.

"그럼요! 나쁜 놈을 잡는 건데, 당연히 가야죠."

내 말에 형사님께서 웃으시며 차를 운전하셨다.

"허허, 그래. 고맙다."

어제 사건 지역에 거의 다 왔을 무렵 형사님께서 전화를 받으셨다.

"응. 어. 그래, 경기. 차 번호? 기록 있잖아. 너도 나와 있다고? 알았어. 잠시만."

수첩을 뒤지시던 형사님께서 뭔가 찾으셨는지 통화를 계속하신다.

"6783. 어제 16시 30분쯤에 오산 쪽에서 출발했다니까 자세히 알아봐. 그래. 수고해."

6783? 어제 싼타레 차량 번호랑 비슷한 거 같은데?

"혹시 어제 사건 관련인가요?"

"아니야. 넌 신경 쓰지 마."

형사님과 도착한 어제 사건 현장인 연녹색 철책이 쳐진 주차장엔, 출입 금지라고 쓰인 줄이 쳐져 있었다.

그리고 그 주변엔 무슨 일인지 궁금해하는 시민들이 주위를 기웃거리며, 현장을 지키는 경찰들의 모습을 보고 있었다.

"자, 들어가자."

박 형사님을 따라 통제를 하는 경찰들을 통과해 안으로 들어가자, 어제의 사건을 고스란히 간직한 혈흔들이 보였다.

막상 오니 섬뜩한 느낌이 몸을 휘감고 지나갔다.

"승민아, 괜찮니?"

"예."

주변에서 수사를 하는 경찰들을 한번 돌아보곤, 마음을 진정시키고 형사님을 바라봤다.

"그럼 어제 있었던 일을 떠올려 볼래?"

"그러니까… 제가 저 가로등이 있는 곳에서 이쪽으로 걸어갔어요."

불이 꺼진 낡은 가로등을 바라보곤, 굳어져 검게 변한 혈흔이 어지럽히고 있는 바닥을 가리켰다.

"그래서?"

"예, 놈이 지금 흰색으로 표시된 곳에서 피해자를 찌르고 있다가, 저를 보더니 지금 제가 있는 쪽으로 서서히 걸어왔어요."

"무슨 옷을 입고 있었지?"

굳은 표정으로 질문을 하는 형사님을 보던 중 번쩍하며 뭔가 떠올랐다.

"점퍼……. 놈이 겨울용 점퍼를 입고 있었어요!"

"반팔이 아니라 점퍼가 맞니?"

"예, 그런데……."

음? 분명 전과 다른 진술을 했는데, 어째서 형사님께선 웃고 계시는 거지?

"그런 표정 지을 필요 없어. 사실은 피해자분께서도 범인이 점퍼를 입고 있었다고 했으니까."

"예? 그럼. 좀 더 확실히 하려고 제게 피해자분이 아무것도 기억하지 못한다고 했던 건가요?"

내 말에 머리를 긁적이시며 형사님께서 말씀하셨다.

"그렇지. 누가 틀렸는지 모르니까. 아마도 승민이 니가 익숙한 상황을 생각해서 그렇게 느꼈을 거야. 아무튼 그럼 의문도 해결됐고, 뭐 더 생각나는 건 없니?"

"예, 어제 말씀드린 내용이 전부예요. 그런데 이제 어떻게 되는 건가요?"

"글쎄다. 몇 가지 걸리는 게 있으니 그쪽으로 수사를 진행해봐야겠지. 한여름에 점퍼를 입었다면 몸에 뭔가 특이점이 있을 수도 있고, 아무래도 이렇게까지 준비를 한 거 보면 원한… 아니다. 후… 차로 가자. 태워다 줄게."

원한? 말을 꺼내려다 한숨을 쉬며 말씀을 멈추시는 형사님을 보니, 뭔가 단서를 잡은 듯했기에 차를 타고 가는 것이 수사를 방해하는 것 같아 죄송스러웠다.

"아니요. 괜찮아요. 걸어가면 돼요."

"그럴래? 그럼 조심히 가봐."

                    *   *   *

사건 현장에서 형사님을 뵌 지도 4일이 흘렀지만, 범인이 잡혔다는 이야기는 듣지 못했다.

그나마 다행인 것은 검사가 기소를 하지 않는다는 이야기를 전해 들은 것이랄까.

됐다. 내가 생각한다고 될 일도 아니지. 책상 옆에 있는 가방을 챙겨 방을 나섰다.

"누나, 대낮부터 뭘 그리 바빠요?"

일 층으로 내려와서 본 지수 누나의 모습이 평상시와 달랐다.

"좀 이따 데이트가 있으시단다, 꼬마야."

뻗친 머리로 말을 하는 누나의 모습을 보니, 상대가 불쌍하단 생각이 든다.

"대학생은 좋겠어요."

"왜? 부러워."

"그렇죠. 맨날 놀고먹는데 안 부러울 리가 있겠어요?"

힐끔 누나를 보며 말을 내뱉곤 재빨리 현관문을 닫았다.

"야! 최승민. 너 이따 들어오면 가만 안 둬!"

안에서 들리는 누나의 괴성에 웃으며 하숙집 대문을 열고 골목길을 올라가고 있는데, 앞에 있던 누군가 나를 갑자기 벽 쪽으로 밀쳤다.

뭐야?

푹!

"크… 읍……."

복부에서 느껴지는 참을 수 없는 고통에, 터져 나오는 비명을 지르려는 입을 놈이 손으로 덮쳐 왔다.

"읍……."

모자를 눌러쓰고 마스크를 두른 놈의 모습을 본 순간 욕지거리가 절로 나왔다.

씨발… 점퍼……. 근데 대체 놈이 어떻게 날?

녀석이 누군지 알아챈 후 놈을 뿌리치기 위해 저항을 하려는데, 무언가 배에서 빠지는 느낌이 들었고, 눈가에 눈물이 맺히며 말로 형용할 수 없는 고통이 몰려왔다.

쑤욱!

"으읍!!!"

몇 번이나 찔린 걸까……. 점점 몽롱해지는 기분에 이대로 당하다간, 정말 큰일이 날 것만 같았다.

머릿속에 주차장에서 녀석에게 당하던 남자의 모습이 떠올랐다.

그렇게 될 순 없었다.

몰려오는 아찔한 고통을 참으며 왼 주먹을 놈의 목을 향해 내지르자, 다행히 목을 맞은 녀석은 피가 흐르는 칼을 떨어뜨리며 바닥으로 쓰러졌다.

챙그랑.

떨어진 칼은 부엌칼보다 조금 길쭉한 모양을 하고 있었다.

"켁… 켁……."

놈이 칼을 잡게 해선 안 된다.

그 일념으로 떨어진 칼을 잡으려 움직이자, 목을 부여잡고 고통스러워하던 녀석이 상황을 눈치챘는지, 쳐진 눈으로 나를 보며 몸을 일으키고 있었다.

젠장······.

"으······."

몸을 날린 탓에 온몸으로 느껴지는 고통을 참으며 잡은 칼을 좌우로 휘두르자, 녀석은 거센 저항에 주춤거렸다.

"내려놔."

놈의 싸늘한 말을 무시하며 칼을 쥔 손을 놈에게 향한 채, 피가 흐르는 배를 움켜쥐곤 몇 걸음 떨어져 있지 않은 하숙집이 있는 방향으로 등을 돌렸다.

"하아··· 하아······."

포기하지 않고 한 두 걸음 차이로 따라오는 녀석의 모습에 힘을 주어 걸음을 재촉했지만, 흘린 피 때문인지 몸은 내 것이 아닌 것처럼 무겁기만 했다.

그런 상황을 녀석도 알고 있다는 듯 금방이라도 달려들 것 같은 놈의 몸짓에, 실낱같은 희망을 가지고 주변에 도움을 요청했다.

"사람 살려! 도와주세요!"

으스러질 것 같은 복부의 고통을 참고 악을 쓰며 소리를 질렀지만, 골목길엔 내 목소리만 허무하게 울려 퍼질 뿐이었다.

오히려 그 모습에 멈칫 하던 놈이 아무도 오지 않자, 비웃듯 휘어진 눈꼬리로 아까보다 여유롭게 걸음을 내딛고 있었다.

"후··· 후······."

언제 달려들지 모르는 긴박함 속에서 골목길 담벼락이 아닌

철문이 보였다. 안도하며 그것을 열기 위해 떨리는 손을 문에 대는 순간, 기회라고 여긴 것인지 녀석이 갑자기 달려들었다.

문만 닫으면 되는데…….

열린 문을 보며 달려드는 녀석에게 휘두른 칼이 얼굴에 스쳤는지 하얀 마스크가 붉게 물들었지만, 놈은 개의치 않고 몸으로 강하게 부딪쳐 왔다.

"아악!"

힘을 이기지 못하고 그대로 쓰러진 내 곁을 지나쳐, 칼을 집는 놈의 행동에 초인종을 누르기 위해 힘겹게 몸을 일으켰다. 하지만 골반 쪽에서 무언가 뒤틀리는 소리와 함께 다리가 풀리며, 다시 주저 앉아버리고 말았다.

"누나! 지수 누나!"

다가오는 놈을 보며 꼼짝도 안 하는 다리를 부여잡고 다급하게 외쳤지만, 열린 대문 사이로 보이는 현관문은 끝내 움직이지 않았다.

지수 누나… 제발…….

철문의 밑 부분을 부여잡고 흔들어도 아무 일도 없다는 듯 고요한 하숙집이 야속하기만 했다.

가까워지는 놈의 발소리.

이제 시작인데… 이렇게 끝인가…….

붉어진 눈시울 탓에 뿌옇게 보이는 철 문틀을 주먹으로 내리쳤을 때, 문틈 사이를 막아 놓은 벽돌이 보였다.

그래… 벽돌…….

힘겹게 몸을 일으켜 벽돌을 움켜잡자, 뒤에서 놀이를 하듯 즐거워하는 놈의 웃음소리가 들려왔다.

"잡았다."

놈은 주저앉아 있는 내 모습에 저항할 힘조차 없다고 느꼈는지 섬뜩하게 말을 내뱉으며 다가와 몸을 끌어당겨 왔고, 그대로 끌려가며 놈을 향해 움켜잡고 있던 벽돌을 휘둘렀다.

퍽!

벽돌이 자신에게 향하는지는 꿈에도 몰랐는지, 머리를 가격당한 놈은 몸을 가누지 못하더니 그대로 고꾸라져선 일어나지 못하고 있었다.

"개새끼… 잡기는……."

왼손에 들고 있는 벽돌을 바라보았다.

맨날 발에 걸린다고 투덜대던 이놈이 내 목숨을 살릴 줄이야.

몰려오는 안도감을 뒤로한 채 벽돌을 내려놓고, 다시 몸을 일으켜 보려 했지만 다리는 여전히 꼼짝도 하지 않았다.

움직이지 않는 다리 탓인지 눈앞에 녀석이 일어나지는 않을까 하는 불안감이 엄습해 왔고, 언제 정신을 차릴지 모르는 놈을 벽돌로 다시 내려치고 싶어진다.

그래도 되지 않을까?

뇌리를 스치고 지나간 섬뜩한 생각에 황급히 고개를 저으며, 하숙집을 향해 도움을 요청했다.

"지수 누나! 야, 신지수!"

*　　　*　　　*

가슴에서부터 느껴지는 불쾌한 기분에 떠지지 않는 눈꺼풀을 억지로 들어 올렸다.

"승민아!"

어머니?

"정신이 좀 들어?"

떨리는 목소리로 물어 오시는 분은 집에 계셔야 할 어머니가 분명했고, 문가에서 내 쪽을 한번 보시곤 고개를 저으시는 아버지도 보인다.

"예, 으……."

걱정이 가득 담긴 불안한 눈으로 이쪽을 보시는 어머니를 안심시키기 위해 입을 열었지만, 몰려오는 구토감에 말을 잇지 못하고 있자, 어머니께서 은색으로 된 그릇을 받쳐 주셨다.

"간호사가 일어나면 마취를 해서 속이 거북할 거라고 했어. 참지 말고 여기다 뱉어."

그릇에 한참을 게워내고 난 후에야 안정이 되었고, 등을 토닥여 주시는 어머니께 사정을 물을 수 있었다.

"어떻게 된 거예요?"

"뭐가 어떻게 돼! 그 미친놈 때문에 칼에 찔린 걸 하숙집 딸이 신고를 해서 병원에 온 거지!"

그랬지. 내 소리에 밖으로 나온 지수 누나가 처참한 광경에 비명을 지르며 내게로 달려왔던 게 떠올랐다.

멍한 머리를 흔들며 주변을 보자 병실이었다.

팔에 꽂힌 링거 줄과 복부를 감싼 흰 붕대를 보니 더욱 실감이 난다.

"이놈아, 이게 무슨 일이야!"

내 모습을 보며, 침대 시트를 꽉 움켜잡으시는 어머니를 보니 죄송한 마음뿐이었다.

"죄송해요, 엄마."

"이 사람아, 진정해. 이제 막 깨어난 애한테 소리를 지르면 어떡해?"

아무 말 않고 병실 문 앞에 서 계시던 아버지께서 어머니를 달래며 내게 말씀하셨다.

"승민아, 몸은 괜찮아?"

"예, 그냥 조금 불편한 느낌 말고는 괜찮아요."

그저 복부에 이물감이 들었을 뿐 많이 아프진 않았기에, 손을 잡아주시는 아버지를 안심시켜 드렸다.

"그래, 그러면 다행이고. 깨어났다고 말했으니까 의사 선생님께서 곧 올 거야. 힘들게 앉아 있지 말고 어여 누워."

"예."

아버지의 말씀대로 잠시 후 도착해 이것저것 묻는 의사와 간호사에게 몸 상태를 말하자 주의할 사항에 대한 이야기를 들을 수 있었다.

"지금은 괜찮지만 마취가 풀리면 아플 거라니까 혹시라도 아프면 버튼을 눌러."

어머니께서 얼굴을 손으로 어루만져 주시며, 링거와 함께 달려 있는 조그마한 플라스틱으로 된 무통주사라던 것을 가리키셨다.

"예, 엄마. 이제 좀 쉬세요."

하루가 지났다고 했다.

혹시나 아들이 깨어나지 않을까 뜬눈으로 밤을 새신 어머니가 안쓰러워 말을 건넸지만, 그저 괜찮다는 듯 고개를 저으셨다.

"괜찮아. 수술받아서 힘들 텐데 너나 좀 쉬어."

그렇게 계속 걱정을 하시는 두 분과 대화를 나누고 있는 사이 병실 문이 열렸다.

"안녕하십니까… 어제 뵀었지요."

아버지의 연락을 받고 오신 박 형사님께선 평소 당당하시던 모습과 달리, 목소리엔 힘이 없으셨다.

"그래요. 어서 오세요."

형사님께선 어머니께서 내어주신 의자에 앉으며 내게 물었다.

"몸은 괜찮니?"

"예, 괜찮아요."

"그래, 다행이구나. 젠장, 내가 정말 널 볼 면목이 없다."

"아니에요."

"아니야. 완전 다른 방향으로 수사를 진행했던 내가 무슨⋯⋯. 피해자분께 채무 관계를 가진 인물 중에 오른팔에 화상을 입은 자가 있다는 말을 듣고, 점퍼를 입고 있었다는 니 말에 결정적 단서를 잡았다고 생각했었어. 전과도 있겠다. 그저 원한 관계일 거라고⋯⋯."

주먹을 꽉 쥐신 형사님께서 길게 한숨을 내쉬고 천천히 입을 여셨다.

"후… 됐다. 구차하게 말을 늘어놔 봐야 상황은 벌어졌고 그저 변명일 뿐이겠지. 승민이 너한테 할 말이 없다. 결국 니 덕분에 놈도 잡았고, 증거도 다 확보가 됐으니까 곧 재판을 받게 될 거야."

"제발 놈이 감옥에서 푹 썩었으면 해요."

쓴웃음을 지은 형사님께서 어깨를 토닥여 주셨다.

"그냥 미친개한테 물린 셈치고 빨리 잊어버려. 쉽진 않겠지만."

"그래야죠. 그런데 형사님."

"응?"

"놈이 어떻게 제가 있는 곳을 안 거예요?"

생각을 해봐도 도저히 감이 안 왔다.

일주일 전 놈을 목격하고 하숙집에 도착할 때까지, 줄곧 차로 이동을 했었는데 그는 어떻게 알았던 거지?

"후… 사실은 니가 피해자분을 구하고 있을 때 놈이 다시 왔다더군. 그를 구하는 너를 죽이려고."

"예?"

다시 왔었다고? 우리가 사람을 구하기 위해 정신이 없었던 그때?

"예슬이 목소리를 들었던 모양이야. 여자애라는 걸 알고 다시 돌아왔던 거지. 다행히 니가 차를 타고 움직이는 바람에 무사했던 거야."

그래도 말이 안 됐다.

"아니, 그래도 제가 있는 곳을 알 수가 없잖아요?"

"그래, 니 말대로야. 당연히 병원으로 갔을 거란 생각을 한 놈도 우리가 만난 이 병원으로 왔었어."

우리를 보고 있었다는 형사님의 말에 온몸에 소름이 돋았다.

"이 병원이요?"

"후… 몰랐니?"

어쩐지 환자복이 익숙하더라니, 피해자를 구했던 병원에 이젠 내가 누워 있는 건가…….

"어쨌든 거기서 놈도 우릴 본 거지."

"그래도 전혀 알 수 없었을 텐데요?"

하숙집으로 가기 전에 한두 군데를 들렀던 것이 아니었다.

"그래서 내가 너한테 더 면목이 없다는 거야."

씁쓸한 표정을 감추지 못하는 형사님의 모습에 다른 무언가가 있다는 느낌이 들었다.

"사건 현장에 갔었던 거 기억나지?"

"예."

"거기서 내가 너를 차로 태워다 줬어야 했어."

"그게 무슨… 설마?"

"그래, 놈이 그곳에서 너를 미행한 거야. 젠장! 그날 부르지만 않았어도……."

말씀을 마치시곤 한참을 사죄를 하시던 형사님께선 결국 울분을 참지 못하셨다.

"빌어먹을! 그런지도 모르고 엉뚱한 곳에 시간을 쏟으면서 사건이 해결되어 간다고 생각을 했다니……."

형사님이 가시기 전 해주신 범인의 행동은 내가 생각했던 것보다 훨씬 치밀했다.

언제 밖으로 나가는지 확인하기 위해 며칠을 살피며 범행을 실행에 옮겼다는 말을 듣고 나니, 이 정도로 끝난 게 다행이란 생각이 들었다.

"진짜 미친놈에게 걸렸었구만……."

*　　　　*　　　　*

병원에 입원한 지도 삼 주가 흘렀고, 그사이 소식을 듣고 친척들을 비롯해 나를 아는 사람들이 병문안을 와주었다.

"아, 으……."

학원 복사물이라며 세나가 가져다준 문제를 풀고 있는데, 복부에서 느껴지는 참을 수 없는 가려움에 온몸을 들썩이자 어머니께서 안쓰러운 눈으로 나를 보셨다.

"참아. 의사 선생님이 상처가 나으려고 그러는 거라고 했잖아."

"네."

어머니의 말씀에 가려움을 참고 있을 때, 병실 문이 열리며 휠체어에 앉은 낯익은 남자가 중년 여성분의 도움을 받으며 안으로 들어오고 있었다.

"안녕하십니까."

"아, 예. 그런데?"

혹시 아는 사람이냐는 어머니의 눈빛에 의아해하고 있는 내게 그분이 말씀하셨다.

"최승민 군?"

"예? 저를 아시나요?"

이름을 부른 왠지 낯설지 않은 남자의 말에 얼떨결에 대답을 하자, 휠체어를 잡고 계신 아내분의 도움으로 곁으로 온 그분이 내 손을 꼬옥 잡으셨다.

"형사님께 승민 군이 저를 구해줬다는 이야기를 들었어요. 정말 고마워요."

아… 그래서 낯이 익었던 건가.

"아, 안녕하세요."

"일찍 찾아왔어야 했는데, 몸이 이런지라 이제야 고맙다는 말을 전합니다."

"괜찮아요. 몸도 불편하실 텐데 힘들게 여기까지 안 오셔도 되는데……."

휠체어에 앉아 있는 그의 모습은 그리 좋아 보이지 않았다.

"나 때문에 이런 일까지 겪게 됐는데, 그리 말해주니 정말 승민 군에게 그저 고맙다는 말밖엔 할 말이 없네요… 그래, 몸은 괜찮아요?"

내 몸을 걱정하시던 그분께선 괜찮다는 말에 안심을 하며, 흰 박스에 담긴 물건을 어머니께 건네셨다.

"아이구, 죄송합니다. 제 소개도 하지 않았군요. 오산에서 고물상을 하고 있는 전상용이라고 합니다. 아드님 덕에 목숨을 건지게 되었습니다. 별것 아니지만 이렇게라도 성의를 보여야 할 것 같아 보약을 좀 지어왔습니다."

"아휴, 죄송은요. 그런 게 중요한가요. 그리고 뭐 이런 걸 다……."

고물상… 전상용? 설마 아니겠지.

설마하며 실례를 범했다는 듯, 어머니께 고개를 숙이는 전상용 씨의 모습을 찬찬히 살폈다.

"그날 오랜만에 서울에 살고 있는 동생 놈을 보고 가려다, 그만 끔찍한 일을 겪게 됐습니다. 승민 군이 아니었으면 이렇게 이야기를 나누지 못했을 겁니다."

"아휴… 그 망할 놈 때문에……."

맞장구를 치시는 어머니와 이야기를 나누는 상용 씨.

앞에 있는 사람이 내가 알고 있는 전상용이 맞는 걸까? 20여 년 후엔 한국에서 그의 이름을 들어보지 않은 이가 없었다.

고물상으로 시작해 부동산, 그리고 끝내 부품조립회사를 인수해 굴지의 기업으로 키워낸 입지전적인 인물.

하지만 뉴스에 오르내리던 그는 70살이 넘은 노인이었다.

눈앞에 풍채가 있는 상용 씨에게선, 검버섯이 핀 얼굴과 깡마른 몸으로 휠체어에 몸을 맡기고 있던 그를 떠올릴 수 없었다.

"제가 차문을 열려고 하는데, 갑자기 그놈이……."

혹시나 하는 마음으로 이름처럼 유명했던 그의 신체적 특징을 확인해 보기로 했다.

아찔했던 그날의 이야기를 하는 상용 씨의 손바닥에, 세간에 용이 여의주를 품었다는 말이 오르내리던 커다란 점이 보였다.

그럼 내가 구하지 않았어도 살 운명이었던 건가.

하지만 내가 구한 사람이 그 유명한 전상용이란 이 기막힌 우연에 머리가 쭈뼛 서는 느낌과 함께 웃음이 나왔다.

"저… 아저씨."

"응? 뭐 할 말이라도 있니?"

미래에 그는 불의의 사고로 평생 장애를 안고 살았고, 그 때문에 휠체어가 아니면 움직일 수도 없었던 그였다.

혹시 이 사건이 그것은 아니었을까? 문득 든 생각에 걱정이 앞서 그에게 묻고 말았다.

"다치신 데는 괜찮으신가요?"

"응. 다행히 의사 말로는 조금만 더 늦었어도 평생 휠체어 신세를 졌을 뻔했다고 하더라구."

휠체어 신세라는 그의 말에 안도의 한숨이 나왔다.

"정말 다행이네요."

자신을 걱정하는 모습에 인자하게 웃으시던 그는, 몇 마디 더 이야기를 하곤 피곤하신지 이마를 닦으시며 작별의 말을 건네왔다.

"후, 오산으로 내려가기 전에 은인인 승민 군을 꼭 만나고 싶었어요. 정말 이 은혜는 잊지 않겠습니다."

병실을 떠나면서 감사의 말을 건네는 상용 씨의 모습이 왠지 처음과 달라 보이는 것은, 그의 미래를 알기 때문일까?

그가 다시 신화라고 일컬어지는 자신의 업적을 이루게 될지 궁금해진다.

*　　　　　*　　　　　*

"괜찮은 거야?"

아물지 않던 상처 탓에 방학이 끝나고 일주일 넘게 지난 8월 20일이 돼서야 퇴원을 할 수 있었고, 오랜만에 등교를 한 내게 예슬이 걱정된다는 듯 물어왔다.

"응. 거의 다 나았어."

"그래도 불편하면 말해."

"그래."

"근데 그놈은 이제 어떻게 된데?"

안심을 하는 예슬의 옆에 서 있던 지훈이 말을 꺼낸 것이 조금 미안했는지 머리를 긁적인다.

"글쎄. 형사님 말로는 징역은 확정이라는데, 내가 증인으로 서야 할 수도 있다고 하더라고."

"왜? 가면 그 사람 또 봐야 되잖아."

세나가 굳이 그래야 하냐는 듯 미간을 찌푸렸다.

"아무래도 두 사건을 다 목격했었고, 상황을 말해주는 쪽이 판결에 유리하다고 하더라고."

내 말에도 친구들은 못마땅한 얼굴을 하고 있었다.

"뭐, 형사님도 굳이 안 해도 된다고 했으니까 너무 걱정하지는 마."

"그래, 될 수 있으면 하지 마. 괜히 안 좋은 기억만 떠오를 거 아냐."

말을 마친 지훈이 진지한 얼굴로 이쪽을 보고 있었다.

처음 나를 못마땅하게 여기던 녀석이 걱정을 해주는 모습에, 알았다는 듯 녀석의 어깨를 두드려 주었다.

오랜만에 병원이 아닌 교실에서 두런두런 이야기를 나누고 있을 때, 교실에서 안내 방송이 흘러나왔다.

[알려드립니다. 잠시 후 조회를 할 예정이므로, 교실에 있는 학생들은 운동장으로 모여 주시기 바랍니다.]

흘러나온 방송에 교실에선 불평의 목소리가 퍼져 나갔다.

"에이 씨, 뭐야. 아침부터."

"승민아, 내가 선생님께 말씀드릴 테니까 그냥 여기 있어."

예슬이의 말대로 텅빈 교실에 혼자 남자, 조회가 시작됐는지 밖에서 교장선생님께서 말씀을 하는 소리가 들렸다.

"최승민. 그래요? 알겠습니다."

지루하게 이어지던 교장선생님의 말속에서 익숙한 단어가 들렸다.

내 이름을 부른 건가? 아니겠지.

"김예슬. 위 학생은… 타 학생의 모범이 되었기에 이 상장을 수여합니다."

예슬이가 상을 받는다고?

잠시 후, 교실 문을 열고 들어오신 담임 선생님께서 아이들이 자리에 앉자 내 이름을 호명했다.

"최승민."

"예."

선생님께서 서 계신 교탁으로 가자 상장을 주시며 내용을 말씀해 주셨고, 그제야 전상용 씨를 구한 일 때문에 상을 받게 된 것이란 것을 알 수 있었다.

"자, 원래는 조회에서 받았어야 했는데. 어쨌든 다들 승민이가 좋은 일을 해서 받는 거니까 축하해 주도록 해."

아이들의 박수를 받으며 자리로 가며 방금 받은 상장을 확인했다.

모범 학생상이라…….

자신이 상을 받은 것이 신기한지, 한참을 들여다보던 예슬은 자리에 앉는 내게 미안했는지 상장을 집어넣고 있었다.

"너만 받는 게 맞는데. 그치?"

"뭐가 나만 받는 게 맞아? 너도 그렇게 고생을 했으면서 당연히 받아야지. 처음 받아본 걸 텐데. 그렇게 넣으면 구겨진다."

"헤헤."

이런 일로 받게 되는 것이 조금은 아쉽긴 하지만, 개근상 말곤 상장 하나 받아본 적 없던 내가 살다 보니 상을 다 받는구만.

＊　　　＊　　　＊

"승민아, 정말 괜찮겠어?"

평일 오후. 법원에 도착하자, 박 형사님께서 옆자리에 탄 날 근심 어린 시선으로 바라보셨다.

"예, 걱정 안 하셔도 돼요."

"그래, 그냥 겪었던 일만 말하면 되니까 마음 편하게 먹고."

"그럴게요."

그렇게 조금은 안심을 하신 박 형사님의 차를 타고 한참을 가자, 법원이 있다는 것을 알리 듯 도로 옆 건물들에서 변호사 사무실이라고 쓰인 수없이 많은 간판이 보였다.

"저기 경찰 승합차 나오는 곳 보이지?"

형사님께서 거의 같은 형태로 세워진, 멀리서 봐도 9층 높이는 되어 보이는 두 채의 회색 건물 앞으로 나오는 경찰차를 가리키셨다.

"예."

"저기가 법원이야."

과거 운전을 하다 몇 번 지나친 적이 있던 곳이지만, 모르는 척 그에게 답했다.

"아, 저기예요? 생각보다 크네요."

"그렇지? 다들 그렇게 말들 하더라고. 자 그럼 들어가자."

서울 남부 지방 법원이라고 쓰인 입구를 지나 차에서 내리자, 안내를 해주시던 형사님께서 긴장을 풀어주시려는 듯 농담조로 말씀하셨다.

"저기 저 건물은 검찰청이야. 뭐 경찰서나 저기나 평생 안 보고 사는 게 제일 좋지. 나중에라도 그럴 일은 하지 마."

"그럴게요."

긴장을 한 걸 어떻게 아셨는지, 농을 건네신 형사님 덕에 조금은 여유로운 마음으로 법정으로 들어설 수 있었다.

"…사실 그대로 말하고 만일 거짓이 있다면 위증의 벌을 받기로 맹세하고 선서합니다."

판사가 입장을 하며 재판이 시작되고 난 후, 중앙에 앉아 있던 재판장의 지시대로 선서를 하자 재판장이 말했다.

"증인 신청을 한 검사 측 질문하세요."

"예."

평소 생각해 왔던 날카로울 것 같은 검사의 이미지완 달리, 동글동글한 얼굴의 30대 초반의 남자가 무언가 적힌 종이를 보며 물었다.

내용은 처음 사건이 있었던 당시, 점퍼를 입고 있던 피고의 모습과 습격하던 피고가 나를 알고 있었다는 점에 관한 내용이었다.

"존경하는 재판장님, 방금 증인의 이야기대로 피고 장남수는 두 번째 범행만 저질렀을 뿐 첫 범행은 자신이 한 짓이 아니라고 부정한 것과는 달리, 두 범행 모두 장남수가 벌인 짓입니다."

재판장을 보며 검사가 말을 하고 있는 사이, 장남수의 시선은 내게로 향했다. 왠지 놈의 눈은, 그때 나를 죽이지 못해 아쉽다고 말하고 있는 것만 같았다.

"재판장님, 검사 측 의견에 이의 있습니다."

"말해보세요."

"지금 검사는 증인의 말을 부풀리고 있습니다. 점퍼를 입었다는 점 이외에 전혀 두 사건의 연관성이 없습니다. 그것만으로 피고가 알지도 못하는 사건의 범인이 될 이유가 없습니다."

마흔 살쯤 되어 보이는 변호사의 말에 재판장도 일리가 있다는 말을 하자, 검사는 회심의 미소를 지으며 재판장에게 무슨 사진 같은 것을 보였다.

"전에 제출했던 증거 사진 중 하나입니다. 이것은 피고의 여관방에서 발견한 수첩에 그려져 있던 약도입니다. 위치를 확인해본 결과, 첫 범행 현장에서 증인과 함께 피해자를 구했던 증인의 친구인 여학생이 살고 있는 집이었습니다. 피고가 첫 범행을 벌이지 않았다면, 그의 수첩에서 나올 수 없는 일입니다."

예슬이의 집을 알고 있었다고? 만약 나를 살해했었다면 다음은 그녀였던 걸까.

놈을 막지 못했다면 예슬이 당했을지도 모른다는 생각에 장남수를 노려보자, 눈을 마주친 놈이 조롱하듯 미소를 흘렸고 그 모습에 화가 치밀어 올랐다.

그리고 어린 소녀를 해하려고 했던 것에 화가 난 것은 나뿐만이 아닌지, 그 빼도 박도 못하는 증거 사진에 재판장 역시 고개를 끄덕이며 검사의 편을 들어주자 검사는 더욱 거세게 몰아붙였다.

"재판장님, 수첩의 적힌 순서를 보면, 피고인 장남수는 증인이 살고 있는 위치가 그려진 약도보다 먼저 친구의 위치를 알아냈지만, 자신의 범행을 막은 증인에 대한 원한 때문에 상대적으로 약자인 소녀가 아닌 증인을 집요하게 찾아냈고, 결국 먼저 그를 해하려고 했습니다."

장남수를 보며 눈빛이 흔들리는 변호사의 모습이 보인다.

아무래도 처음 장남수를 심문했을 때 묻지 않았던 내용인 것 같았다.

검사의 말에 재판장은 피고 측에게 이의를 제기하지 않으면 이대로 받아들인다는 말을 했고, 변호사가 침묵을 하자 장남수에게 재차 질문했다.

"검사 측 말대로, 첫 범행을 막은 증인에게 원한을 품고 먼저 알게 된 상대적으로 약자인 소녀가 아닌 증인을 노린 범행까지, 둘 모두 피고가 저질렀다는 점을 인정합니까?"

"원한이 아닌데요."

조용한 법정에 장남수의 어눌한 목소리가 퍼져 나갔다.

범행을 저질렀다는 게 중요한 시점에서, 엉뚱한 말을 하는 놈에게 재판장이 어처구니가 없다는 얼굴로 묻자, 알아듣지 못할 소리를 해댔다.

"먼저 왔잖습니까. 놀아달라고."

장내는 장남수의 말을 이해하지 못하고 술렁이고 있었다.

"혹시 피고가 말하는 게 증인이 먼저 처음 범행 현장에 왔다는 말입니까?"

재판장이 '설마' 하는 눈초리로 묻자 놈은 고개를 천천히 끄덕였고, 그 모습에 판사들은 무언가 속닥거리기 시작했다.

"본관들이 협의를 해본 결과, 피고의 정신감정을 받아 보는 것이 좋을 것 같다는 결론을 내렸습니다."

결국 재판은 장남수가 정신감정을 받을 때까지 연기됐고, 기사회생했단 듯 기뻐하는 변호사와 옆으로 별다른 표정 변화 없는 장남수가 법정을 나서는 모습이 보인다.

"잘했어, 승민아."

"글쎄, 잘된 건지 모르겠네요……."

놈이 형을 선고받는 모습을 보지 못한 탓인지, 고생했다는 말을 건네며 다가온 박 형사님과 함께 법원을 나서는 내내 아쉬움이 남았다.

"걱정하지 마. 정신감정 받아봐야 별거 없어. 법정에만 서면 갑자기 다 미친놈처럼 저리 해대는 통에, 우리도 미리 대충 전문의한테 물어보거든."

"그런가요?"

"그러니까 너는 이제 이 일에 신경 안 써도 돼. 우리가 알아서 저놈 감옥에서 평생 썩게 만들 테니까."

호언장담하시는 박 형사님의 말대로 놈이 평생 썩길 바라며, 함께 차를 타고 집으로 돌아오는 길이었다.

장남수, 장남수라… 내가 어디서 들어봤지?

법정에선 재판에 문제가 생길까 긴장을 한 탓인지, 의식을 하지 못했던 그 이름이 자꾸 머릿속에 맴돌았다.

뭐지, 이 찝찝한 기분은… 어라?

'살 속'? 몇 년 전 봤던 영화가 떠오르며 장남수란 이름이 기억이 났다.

회사 부하 녀석이 '살 속'이란 영화를 봤냐는 질문에, 에로영화나 볼 시간에 일이나 열심히 하라고 했었지만, 사실 그 영화의 제목은 살인 속의 살인이었다. 연쇄살인범 김대철에 의해 가려졌던 또 다른 살인마인 장남수……. 방금 법정에서 마주쳤던 놈과 같은 이름을 가진 살인범의 실화를 바탕으로 한 영화였다.

오래전에 본 영화였지만, 잊지 못하는 이유는 영화 도입부에 나오는 한 사내의 운동하는 모습 때문이었다.

그가 누구보다 열심히 운동을 했던 이유가, 살인을 위해서였다는 것이 밝혀지는 중반부에 느꼈던 불쾌하고 더러운 느낌을 잊는다는 게 말이 안 되겠지.

그저 동명이인일 거야. 놈은 4년 뒤에야 살인을 저지른 놈이니까.

그래도 만약 그가 정말 내가 아는 장남수가 맞다면, 과거 전상용 씨가 장애를 입게 된 것은 연쇄살인마 때문이었다는 건가?

에이, 설마.

문득 머리를 스치고 가는 말도 안 되는 생각에 실소가 나왔지만, 마음 한구석엔 혹시나 그럴 수도 있지 않을까 하는 느낌이 들었다.

하지만 결국 이렇게 고민해 봐야 알 수 없는 일이었다.

놈이 연쇄살인범이든 그저 동명이인에 불과하든 시간이 해답을 줄 것이다.

*　　　*　　　*

"하… 벌써 겨울이 오는 건가."

11월 말 어느새 쌀쌀해진 날씨 덕에, 2학기 기말고사를 치르고 하숙집으로 향하는 발걸음이 빨라졌다.

"으… 추워."

"밖에 춥지?"

거실에 이불을 펴고 누워 TV를 보던 지수 누나가 머리만 쏙 내민 채 궁금한 듯 물었다.

"네, 겨울이 오려는지 꽤 쌀쌀하네요."

"그러게. 벌써 겨울인가 봐. 그건 그렇고 시험은 잘 봤어?"

"뭐, 잘 본 거 같아요."

"헐. 어쩜 넌 갈수록 밥맛이니?"

"어쩌겠어요. 잘난걸."

"뭐?"

장난스레 던진 말에 황당해하다 피식 웃는 지수 누나의 모습을 보니, 장남수 사건 때의 충격이 컸던지 한동안 집을 나서지 않던 그녀도 몇 달 새 많이 좋아진 것 같아 마음이 놓였다.

"후… 징역 20년이라고 했던가."

좀 더 받을 줄 알았던 예상과는 달랐지만, 이 정도로 만족을 해야 할 것 같다며 분해하시던 박 형사님께서 말씀해 주신 장남수 사건 2심 판결 결과였다.

"20대 후반이라던데 감옥에서 나오면 오십인가?"

아무튼 상고가 남았다고 하지만, 거의 바뀌는 일이 없다니 이렇게 끝난 건가.

후… 기말고사도 끝났고 놈의 판결에 홀가분해야 할 마음이 뭔가 싱숭생숭했다.

모두 법원을 다녀온 후 생긴 일이었다.

정말 내가 검사나 판사가 되면 어떨까?

처음엔 단순히 장남수의 형량이 얼마나 나올지에 대한 생각이 꼬리에 꼬리를 물더니, 결국 여기까지 오게 됐다.

의사니 판검사니 주변에서 흔히 말하는 소위 '사' 자 직업. 돈과 명예를 얻을 수 있다지만, 모든 것엔 대가가 따른다.

불혹이 넘게 세상살이를 하며 깨달은 간단한 이치였다.

'사법 고시는 아무나 하나. 결국 날고 기는 놈들만이 경쟁에서 살아남겠지. 아무리 과거로 돌아왔다지만, 천재가 된 것도 아닌 내가 무슨……'

그러다 갑자기 떠오른 생각.

만약 국회의원까지 됐던 김준성을 이긴다면 해볼 만하지 않을까?

결국 그렇게 마음을 정하고 그를 이기지 못한다면, 사법 고시 공부는 시작조차 하지 않는단 일념으로 이번 시험만은 이를 악물고 공부를 한 결과가 며칠 뒤면 나온다.

과연 이겼을까?

가채점으론 과학과 영어에서 한 문제씩 틀렸을 뿐 다른 과목은 만점이었지만, 평소 만점 아니면 만점에 가깝던 녀석을 떠올리면 불안하기만 하다.

새로운 세기의 기대로 모두가 들떴던 2000년의 끝을 알리는 12월.

마지막 시험 성적표가 붙은 교실의 벽으로 향하는 내내 가슴이 두근거렸다.

평소 아이들이 모두 확인을 끝마친 후 성적을 봤지만, 이번만큼은 나 역시 그 무리에 합류해 있었다.

후… 그저 한 학기 성적인데, 뭐 이리 긴장이 되는지…….

부들부들 떨리는 손으로 학생들 사이를 비집고 맨 앞으로 오자, 성적표엔 1이란 숫자 옆에 최승민이란 내 이름 석 자가 써 있었다.

어?! 날아갈 것같이 기쁜 마음에 주책맞게 주먹을 꽉 쥐곤 혼자 속으로 쾌재를 부르고 말았다.

불과 한두 문제만 더 틀렸으면 순위가 바뀌었을 0.2점 차의 점수였고, 분명 이 결과가 척도가 될 수 있을진 모르지만 내게 노력은 배신하지 않는다는 것을 다시 깨닫게 해주었다.

판사든 검사든 한번 돼 보지 뭐.

그러고 보니, 고교 시절 1등을 놓친 적 없던 김준성은 이제 존

재하지 않는 건가? 그는 자신도 모르게 바뀐 미래를 알지 못하겠지만.

"솔직히 말해, 최승민."

자리로 돌아오자 큰일을 같이 겪어서인지, 왠지 요새 더 친근하게 느껴지는 예슬이 말을 끝내곤 복어마냥 볼을 부풀리더니 이쪽을 노려본다.

"뭘?"

"전학 오기 전에 몇 등이었어?"

"마지막으로 본 건 1등?"

"얼씨구! 이씨… 전지훈 이거 안 봐?"

화를 내는 예슬이와 한두 번 겪냐며 질린 얼굴로 그녀를 말리는 지훈을 웃으며 보고 있을 때, 자리에 앉아 있던 세나와 눈이 마주쳤다.

뭔가 마음에 안 든단 얼굴로 고개를 팩 돌리는 걸 보니, 그녀의 승부욕이 발동된 모양이다.

아마도 그녀 성격에 단단히 벼르고 있을 테니, 3학년 땐 긴장을 좀 해야 할 것 같다.

3장

학생회장 선거

"승민아, 안 바쁘면 잠깐만 나와봐."

방 넘어 봄방학의 여유를 느끼고 싶은, 내 마음을 몰라주는 야속한 지수 누나의 목소리가 들려왔다.

"예, 잠시만요."

문을 열고 나가자 웬일로 하숙집 가족이 모두 2층에 올라와 있었다.

"무슨 일이에요?"

"아, 새로운 하숙생이 왔는데 짐이 조금 많아서 승민이도 조금 도와줬으면 해서."

거의 모습을 뵐 수 없었던 하숙집 아저씨께서 미안한 기색이 역력한 얼굴로 머리를 긁적이시자, 아주머니께서 한 소리 하셨다.

"으이궁. 같이 살면서 서로 도와달라고 할 수도 있는 거지. 뭘 그런 거 가지고 그래요. 승민아, 괜찮지?"

과거엔 이런 일이 없었는데, 그나저나 하숙생이라······.

장기 투숙생인 나를 제외하곤 몇 달 있지 않고 나갔던 것은 기억이 난다.

"아··· 예."

민망하신지 헛기침을 하시는 아저씨를 보니, 바가지를 긁던 아내의 모습이 떠올라 왠지 남 일 같지가 않았다.

"짐을 나르면 되나요?"

아저씨와 함께 계단을 내려가자, 20대 초반의 청년이 무게가 꽤 나갈 것 같은 박스를 들고 올라오고 있었다.

"안녕, 너도 하숙생 맞지?"

초면에 아무렇지 않게 인사를 하는 그에게 얼떨결에 고개를 숙이자, 웃으며 내게 손을 내밀었다.

"이민우, 나이는 22살이고 앞으로 잘 부탁한다."

역시나 그를 떠올려 봤지만 기억이 나지 않는다.

일 년 사이 네다섯 명이 머물다 간 탓도 있었지만, 무엇보다 거의 안면도 없었던 그들이 기억이 날 리가 없었다.

"예, 최승민이라고 합니다. 올해 고3이에요."

고3이란 말에 그가 미간을 찌푸렸다.

"오우, 수험생이라··· 끔찍하겠구만."

180이 조금 넘어 보이는 훤칠한 키에, 아직 잘은 모르지만 호인으로 보이는 그가 마음에 들었다.

"뭐. 다들 한 번씩 겪는 일인데요."

"짜식, 말하는 거 보게. 그나저나 나 때문에 괜히 고생한다. 나중에 형이 한턱 쏠게."

한동안 비어 있던 옆방에 짐을 모두 옮긴 뒤, 침대에서 쉬고 있자 노크 소리가 들려왔다.

"승민아, 민우 형이야. 잠깐 들어가도 되냐?"

"예, 들어오세요."

문을 연 민우 형은 방을 한번 둘러보더니, 자연스레 침대 한편에 자리를 잡고 앉았다.

"그래도 너라도 있으니 다행이야. 하숙은 처음이라 좀 적응이 안 되네."

온 지 3시간도 안 돼서 무슨 적응 타령을 하시는지…….

"다들 좋은 분들이시니까, 편하게 지내시면 될 거예요."

"그래? 휴, 근데 지수 누난 조금 성격 있어 보이던데……."

"왜요? 누나 착하신데."

누나가 처음 본 사람한테 함부로 할 분이 아니신데?

"뭐, 내가 실수를 한 부분이 있긴 한데……."

말끝을 흐리던 민우형의 이야기를 들어보니, 누나가 화를 낼 만했다.

'밥은 니가 해주니'라니, 누나 성격에 주걱으로 안 맞은 게 다행일지도…….

"형, 그게 뭐예요. 화낼 만했네요."

"아, 난 장난이었지. 그리고 나이가 많을지도 몰랐고."

한참을 대화를 나누다 지수 누나에 대한 소재가 떨어지자, 아무리 그가 낯을 가리지 않는다고 해도 초면인 사이에 다른 이야기 주제가 있을 리 없었고 결국 형식적인 질문들이 오갔다.

"형은 어느 대학 다녀요?"

"나 Y대 의대."

응? 날라리까진 아니더라도 옷 입은 거하며, 전체적으로 전혀 공부랑 어울릴 것 같지 않은 이 인간이… Y대 의과생이라고?

"뭐냐? 그 눈빛은."

"아뇨. 대단하신 것 같아서요."

"웃기고 있네. 우리 아버지가 전산 착오가 아니면 니가 거길 어떻게 들어 가냐고 물으셨을 때 눈빛이 딱 지금 니 눈빛이었거든?"

"에이, 제가 그랬으려고요."

"됐다. 주변에서도 다 기적이라고 하는 마당에."

"왜요? Y대 의대면 원래 공부 잘했었던 거 아니에요?"

내 말에 어색하게 웃던 그가 머리를 긁적였다.

"그게… 1, 2학년 때 좀 과할 정도로 놀았었거든. 그러다 3학년이 되니까 후회가 되더라고. 신나게 놀긴 했는데, 뭘 해야 될지도 모르겠고 부모님께 말씀을 드리니까……."

그 당시의 일을 회상이라도 하는 듯 잠시 말을 멈춘 그는 쓴웃음을 지으며 다시 말을 이었다.

"아버지께서 펑펑 놀다 이제 와서 흰소리하지 말고, 노가다 판에서 일이나 배우라더라고. 그 말에 정신이 번쩍 드는데. 뭐 그 다음엔 보시다시피 이렇게 됐지."

남들 죽어라 공부할 때 놀더니, 1년 만에 의대 합격이라… 망할 놈의 세상.

"너도 열심히 해라. 괜히 후회하지 말고. 주변 녀석들이 죄다 놀던 놈들이라 그런지 술 마시면 하는 이야기가 그때 같이 공부 좀 할 걸 하는 이야기야. 이제 아주 지겹다, 지겨워."

댁한테만은 그런 소리 듣고 싶지 않다고, 이 양반아……

"그래야죠. 근데 전공은 뭐예요?"

"아직은 전부 다 배우고 있는 단계고, 생각하고 있는 건 신경외과 쪽."

정말 갈수록 가관이시네. 신경외과? 아무리 봐도 정형외과가 딱이구만… 자꾸 그와 전혀 매치가 안 되는 쪽으로 이야기가 흘러간다.

"왜요? 그쪽에 관심이 있을 것 같지 않으신데……"

"아, 사실 별거 아니고, 피가 싫더라고."

"피요?"

그의 말이 조금 이해가 갔다.

나 역시 이곳으로 오기 전 교통사고와 장남수 사건으로 남들이 평생 경험해 보지 못할 많은 혈흔을 목격했지만, 그것은 현실인 것 같지 않아 보였으니까.

"아! 정확히 말해선 익숙해지는 게 싫다고 해야 되나."

"아……"

"좀 그렇더라고. 왠지 메말라 가는 느낌이 들어서 말이야."

신경외과면 허리 때문에 많이 할 것 같은데?

"그러면 신경외과는 아예 수술 같은 건 안 하나요?"

"아니. 하긴 하는데, 거의 없다고 봐야지. 어차피 이쪽 계통은 뇌수술 아니면 허리인데 그건 다 대학 병원에서 하니까. 너라면

일반 병원에 머리를 들이밀고 싶겠냐. 부위가 부위다 보니까 다들 꺼리지."

"그렇겠네요."

"어쩌 이야기하다 보니 내 진로상담 같아졌네. 에휴, 슬슬 점심인데, 오늘 고생도 했으니 형이 밥 사줄게. 나가자."

하루 만에 점심을 같이 먹게 된 민우 형과 식사를 하며, 많은 이야기를 나눌 수 있었다.

법학과를 지원하고 싶다는 이야기에 걱정을 하던 그는 합격을 한다면, 1년만 다니고 바로 사법시험을 준비하라며 진지하게 조언을 해주었다.

*   *   *

"음… 승민이가 1년 정도 한 건가? 그래, 그만둔다니 아쉽구만. 나중에 한번 찾아오고 그동안 고생했다."

"예, 아저씨. 감사했습니다."

목표로 세운 S대 법학과를 위해, 그리고 처음 생각했던 것처럼 고3 새 학기가 시작되기 전에 우유배달 알바를 그만두었다.

1년을 조금 넘게 일한 덕에, 학생치곤 목돈인 400만 원 정도를 모을 수 있었다.

증권 쪽에서 일할 생각으로 연습도 할 겸 모았던 돈이었지만, 어차피 다른 직업을 가져도 별 차이는 없을 테니 예정대로 올해 주식이 바닥을 치면 투자를 해봐야겠지.

새 학기 시작과 함께 마지막 알바를 끝마치고 학교로 가는 길은 시원섭섭했다.

항상 반겨주시던 슈퍼 할머니도 더 이상 뵙지 못하겠구만.

"오… 오… 오……."

아침 일찍 3학년 복도에 붙은 반 배정표 대로 7반 교실에 들어가자, 예슬이 신기한 듯 알 수 없는 소리를 내며 우리를 쳐다본다.

"어떻게 다 같은 반이 됐네."

지훈이 신기한 듯 우리를 보며 말을 꺼냈다.

"그러게. 지겨운 얼굴들 또 보게 생겼구만."

내 말에 세나가 콧방귀를 뀌곤 한마디 한다.

"흥. 누가 할 소리를. 새 학기부터 니 얼굴 보려니 힘드네?"

하여튼 이 인간은 한 번을 안 져요.

"됐다. 어찌 됐든 다들 같은 반이라 좋네. 이번에도 잘 부탁한다."

근데 그가 안 보인다.

아무리 교실을 둘러봐도, 분명 과거엔 같은 반이었던 김준성의 모습이 보이지 않았다.

과거 강민기 패거리의 괴롭힘을 막아주던 고3 시절 은인이었던 그를 볼 수 있을지 알았는데, 혹시 내 성적 때문에 달라져 버린 걸까?

드르륵.

학기 초라 아직은 어색한 반 분위기를 깨며, 선생님 한 분이 교실로 들어왔다.

"자, 다들 왔나."

스포츠머리에 키가 조금 작은 40대 초반의 선생님께서 곧장 출석을 부르고 나선 칠판에 큰 글씨로 고진수란 글자를 적으셨다.

"그럼 이제 주목. 내 이름은 고진수라고 한다. 이번에 3학년 학생주임을 맡게 됐다. 3학년 담임만 10년이라고만 알면 된다. 그게 무슨 의미인지는 차차 알게 되겠지?"

작지만 뭔가 카리스마가 있는 선생님께서 짧은 막대기로 칠판을 탁 치며, 노련하게 분위기를 이끌어 가셨다.

"뭐, 이 정도면 다 말한 것 같고 첫날이지만 조금 중요한 이야기를 하자면, 2주 정도 뒤에 총학생회장 선거를 할 예정이니까 입후보하고 싶은 사람은 나중에 내게 와서 말을 하면 된다. 그럼 이따 종례 때 반장을 정할 테니 다들 첫 수업 준비 열심히 하도록."

고진수 선생님께서 나가고 나자, 학생회장 선거란 말에 교실의 학생들은 저마다 친한 아이들끼리 모여 웅성거리기 시작했다.

"이번에 누가 되려나."

책상에 걸터앉은 지훈은 말과는 달리 별 관심 없단 얼굴이었다.

"글쎄? 누가 되든 똑같지 않나. 매번 뭘 어떻게 하겠다고 하지만 결국 바뀌는 건 없잖아."

세나의 말이 모든 걸 말해주듯 교실엔 비슷한 말들이 오갔지만, 내가 아는 대로라면 이번 회장은 완전히 다른 인물이었다.

"아무튼 결국 우린 아니라는 거지."

내 말에 모두 동의를 하듯 웃은 우리의 화제는, 결국 별 상관 없는 회장 선거 대신 깐깐할 것 같던 담임 선생님으로 바뀌었다.

"하, 배도 부르고 봄이고 하니 온몸이 나른해지네."

점심식사를 마치고 나른한 오후.

아빠가 휴대폰을 사주셨다며 자랑을 하던 예슬이 휴대폰을 이리저리 만지며 하품을 한다.

"아휴, 그만 좀 만져라. 닳겠다."

"뭘, 부러우면서~"

내가 관심을 가진 줄 알고 한참을 자랑을 하던 그녀에겐 미안하게도, 미래의 발전된 기술을 경험한 내겐 작은 화면과 누르기 어려운 버튼을 가진 휴대폰은 그저 구석기 유물로 보일 뿐이었다.

하지만 처음 산 휴대폰이 신기한지 예슬은 한시도 손에서 놓질 않는다.

그런 예슬이뿐만 아니라 반에 휴대폰을 만지작거리는 아이들이 절반이 넘는 것이 반증하듯, 휴대폰은 1년 사이 엄청나게 빠른 속도로 보급이 되고 있었다.

이렇게 빨랐던가.

하긴 단말기 보조금이 지원되면서 거리에만 나가면 공짜 폰이라며 난리도 아니긴 했다. 결국 몇 년이 지나면 휴대폰만 들여다보는 각박한 세상이 될 걸 알고 있기에 썩 달가운 모습은 아니었다.

"저기, 잠깐 괜찮을까?"

갑자기 옆에서 들려오는 목소리에 고개를 돌리자, 잊을 수 없는 얼굴이 눈앞에 있었다.

"나한테 그런 거야?"

"응. 승민이 맞지? 실제론 처음 보네. 아, 미안. 난 김준성이라고 해."

당당한 말투로 말을 건 잘생긴 소년.

설마 천하의 김준성이 먼저 내게 다가올 줄은 생각도 못 했던 일이었다.

"그래, 반갑다. 근데 무슨 일이야?"

전혀 안면도 없던 내게 그가 무슨 일로?

"아, 그게. 부탁을 좀 하고 싶어서."

"나한테?"

"어. 그게 실은 이번에 학생회장 선거에 나가려고 하는데, 괜찮으면 니가 부회장으로 나랑 같이 입후보했으면 해서."

왜지? 원래 같이 회장 선거에 출마했던 그 인간이 아닌 내게 부탁을 해온 걸까?

"글쎄, 그런 건 잘 모르기도 하고 내가 도움이 될지……."

그가 부탁을 해온 것은 기뻤지만, 학생회다 뭐다 하며 이리저리 끌려다니고 싶진 않았다.

"그런 거라면 내가 알아서 할 테니까 걱정하지 마. 그리고 승민이 니가 같이 나가주기만 해도 큰 도움을 주는 거니까. 부담 같은 건 가질 필요 없어."

어쩌지…… 부회장이면 뭐 하는 일도 없는데다, 과거 내게 도움을 줬던 그의 부탁인지라 매몰차게 거절하기도 뭐했다.

할 수 없다. 과거에 진 빚을 갚는다고 생각하는 수밖에.

"그래, 한번 해보지. 뭐."

"정말? 승민아, 고맙다. 그러면 신청은 내가 할 테니까, 나중에 선거 때 같이 열심히 해보자."

용건을 마친 그가 교실을 떠나자 친구들이 다가왔다.

"뭐야? 최승민. 진짜 나가려고?"

놀란 얼굴로 묻는 예슬의 말에 다들 궁금한 듯 시선이 내게로 쏠렸다.

"어. 경험도 해볼 겸 한번 나가 보지 뭐."

"헐, 선거 준비를 해야 되나……."

어쩔 줄 몰라 하며, 세나와 지훈에게 이것저것 묻는 예슬을 보니 머리가 아파 온다.

그냥 아무것도 안 하는 게 도와주는 거거든…….

회장 선거에 나가기로 한 지도 일주일 넘게 흘렀고, 그사이 총 3팀이 출마를 한 회장 선거일은 5일 앞으로 다가왔다.

"준비 다 됐지?"

선거 유세를 위해 도착한 2학년 교실 앞에서, 준성이 괜찮냐는 듯 물어왔다.

"어. 근데 너 혼자 다 준비하게 해서 미안해서 어쩌냐……."

"괜찮아. 어차피 다 경험 삼아 하는 건데."

경험? 혹시 그는 이때부터 정계를 나갈 준비를 했던 것은 아닐까.

에이, 설마. 저 어린아이가 그랬으려고. 그의 미래를 알고 있는 탓인지 괜한 생각이 드는 모양이다.

"그래, 그럼 슬슬 가보자. 니들도 준비됐지?"

내 말에 선거 유세를 돕기 위해 온 예슬이가 자신이 출마를 한 듯, 비장한 얼굴로 고개를 끄덕이는 모습에 얼굴이 붉어지려 했다.

세나와 지훈에게 제발 저 인간 좀 어떻게 해보라는 눈짓을 보냈지만, 그녀를 막기엔 역부족으로 보였다.

제발, 예슬아…….

회장 선거고 뭐고 때려 칠까 하는 찰나, 어깨를 두들기는 준성이 웃으며 들어가잔 말을 했다. 문을 열자 안에 계시던 선생님께서 교탁으로 우릴 이끌어주셨다.

"안녕하십니까! 기호 3번으로 회장 선거에 출마하게 된 회장 후보 김준성입니다!"

당당하게 외친 준성의 뒤를 이어 그에게 폐를 끼치고 싶지 않은 마음에 크게 외쳤다.

"부회장 후보 최승민입니다! 잘 부탁드립니다!"

박수로 우릴 맞아주는 2학년 후배 앞에서, 준성이 차분히 나와 그의 스펙에 대한 이야기로 능숙하게 유세를 이어나갔다.

중간에 갑자기 사전에 준비하지 않았던 책임감이란 말을 꺼내며, 모범 학생상을 받은 이야기를 하는 준성 때문에 손발이 오그라들 정도로 민망하기도 했지만 결국 유세는 준비한 대로 흘러갔고, 가장 중요한 공약에 관한 부분만을 남겨 놓고 있었다.

"사실 제가 승민이와 회장 선거에 출마하게 된 가장 큰 이유는 공약에 관한 부분 때문이었습니다. 중학교 3년, 고등학교 2년 누구 하나 자신이 말했던 공약을 지키는 회장을 본 적 있습니까? 여기 있는 후배 여러분 모두 보신 적 없다는 것을 저는 단언할 수 있습니다!"

잠시 말을 멈추고 학생들의 호응을 유도한 그는, 우레와 같이 열광하는 그들을 진정시키며 말을 계속했다.

"그렇기에 저는 지키지 못할 허황된 말들을 장황하게 늘어놓지 않겠습니다. 대신 지킬 수 있는 단 두 가지! 두 가지 약속만을 여러분께 하려고 합니다!"

그가 말한 두 가지의 약속.

첫 번째는 두발 자유화, 두 번쨴 야간자율학습 폐지였다.

그리고 난 그것들이 지켜진다는 것을 알고 있다. 그가 신명고 17대 학생 회장이었으니까.

그의 진지한 모습을 보니, 처음 생각과 달리 조금 분발해야 할 것 같다.

과거 그가 이루어냈던 약속들을 나로 인해 망쳐선 안 될 테니.

나와 준성의 연설이 끝나고 나자 뒤에 있던 선거위원단이 기호 3번을 외치며, 나와 준성의 이름을 연호하기 시작했다.

"아, 진이 다 빠지네. 야, 갈 땐 니가 좀 들어라."

2학년 전 반을 도는 내내, 3번 기호 피켓을 들고 다녔던 지훈이 힘들었는지 내게 피켓을 건넨다.

"그려. 고생했다, 지훈아. 예슬이랑 세나도 고마워."

"말로만 하지 말고 나중에 뽑히면 한턱 쏴."

아까 그렇게 열심히 하더니 예슬이의 목소리가 약간 쉬어 있었다.

"그래, 뭐든 말만 해라."

그렇게 2학년 유세를 마치고 3학년 복도에 도착하자, 준성이 살짝 들뜬 목소리로 물어왔다.

"괜찮았던 것 같지?"

"어, 그렇긴 한데. 적응이 좀 안 되네."

"뭐가?"

준성의 질문에 뭐라고 해야 할지 난감하기만 하다.

"그냥… 이름 외치고 그러는 거 말야."

입후보를 했을 때부터 예상은 했었지만, 그래도 왠지 처음 겪어보는 낯간지러운 느낌에 그에게 푸념조로 말을 건넸다.

"나도 중학교 때 해보고 3년 만이라 뭐라 해줄 말이 없네. 그냥 어색해도 며칠만 견뎌봐."

"후… 그래야겠지. 아무튼 오늘 고생 많았다."

*   *   *

목이 쉬도록 유세를 한 회장 선거가 끝난 지 이틀이 지난, 봄바람이 선선하게 부는 3월 중순 아침.

따사로운 햇빛이 비춘 신명고 운동장엔 전교생이 줄을 맞춰서 있었고, 나는 준성과 구령대에 올라 교장 선생님의 말씀을 듣고 있었다.

"…그럼 올 한 해 동안 학교를 위해 열심히 분발해 주길 바랍니다."

이 순간까지 얼마나 조마조마했는지 모른다.

교내 방송으로 선거 결과가 발표되기 전까지, 혹시나 나로 인해 바뀔지도 모른다는 불안감에 긴장을 하던 나날들.

"최승민 군. 부회장 당선을 축하합니다."

교장선생님과 악수를 나누는 내게 쏟아지는 학생들의 박수를 받으니, 뭔가 감회가 새로웠다.

"감사합니다."

부회장. 정말 많이 성공했다. 신명고 왕따가 부회장이 된 건가.

"야, 이래도 되나 모르겠다."

검은 명찰을 단 지훈이 뭔가 난처하단 눈빛을 보내왔다.

그가 그럴 만도 한 것이 학생회 구성은 회장과 부회장의 권한이라는 말에 난 얻은 권력을 아낌없이 휘둘렀고, 결국 우리들의 명찰은 모두 검은색으로 바뀌었다.

"야, 괜찮아. 이럴 때 아니면 언제 해봐? 원래 다 이렇게 하는 거야."

"그런가? 뭐, 어쨌든 고맙다. 니 덕에 학생 위원도 돼 보고."

고마워해야 하는 건 오히려 나였다.

임시 학생회 회의 주제였던 공약 실천에 대해 지훈과 세나가 괜찮은 의견을 내서 회의를 빨리 끝마칠 수 있었으니까.

오히려 문제는 저 화상……

"어때……? 괜찮아?"

이리저리 몸을 돌리며 묻는 예슬에게 세나가 맞장구를 쳐준다.

"응. 예슬아. 어울려."

어울리고 자시고 여태껏 입어 왔던 교복에 학생회 소속이란 검은색 명찰 하나 단 거 가지고 왜 이리 소란인지…….

예슬이 덕에 오늘도 평탄치 않은 하루가 시작될 것 같다.

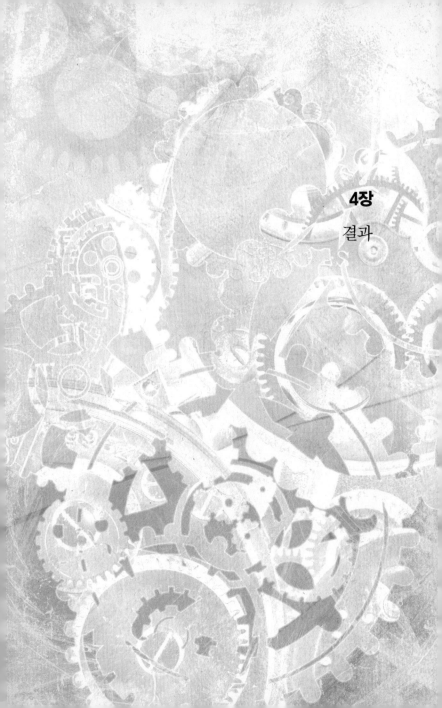

4장

결과

"세나야, 여긴 어때?"

"어디? 음… 괜찮긴 한데, 마음에 드는 과는 수시 접수를 안 하네."

중간고사가 끝난 3학년 교실은, 한창 1학기 수시 접수를 준비하는 학생들로 인해 소란스러웠다.

"그래? 그럼 어디 보자……."

성적이 안 돼 수시 접수를 포기한 예슬이 이번 중간고사에서 김준성과 나를 꺾고 1등을 한 세나를 도와 여러 대학을 찾아보고 있었다.

작년 세나의 눈빛을 보며 뭔가 단단히 결심을 했다고는 생각했지만, 중간고사뿐만 아니라 1학기 전국 모의고사에서도 하마터면 그녀에게 밀릴 뻔했을 정도로 일취월장한 세나의 모습은 놀라울 따름이었다.

뭐, 그녀 덕에 나 역시 분발할 수 있으니 나쁜 일은 아니지만, 기말고사까지 밀릴 순 없으니 좀 더 노력을 할 수밖에…….

"벌써 수시 접수 기간이라니, 진짜 빠르네."

각오를 다지며 세나를 보고 있을 때, 지훈이 아쉽다는 듯 혼잣말을 하는 소리가 들려왔다.

하긴 그의 말대로 학생회다 뭐다, 바쁘게 보내는 사이 시간은 순풍을 탄 배처럼 빠르게 지나가고 있었다.

"그러게. 내일 모래면 어린이날이네."

그의 말에 맞장구를 쳐주자, 알 수 없는 미소를 띤 녀석이 내 앞의 대학 책자를 가리킨다.

"근데 너 전에는 수시 안 본다더니 갑자기 웬 수시야?"

소위 명문대라 불리는 대학들은 1차를 붙고 나서도 수능을 봐야 하는 경우가 대부분이었다. 법학과 쪽은 아예 수시를 모집하지 않았기에 안 본다던 내 말이 생각났는지 지훈이 물었다.

"그냥 생각해 보니까, 안 보면 왠지 손해인 거 같아서."

"어련하시겠어. 그럼. 어디 같이 확인이나 해볼까?"

사실 수시는 핑계였다. 학생 신분인지라 장이 열리는 9시부터 3시 사이에 주식을 사는 일은 생각보다 쉽지 않았다.

더군다나 연초 소폭 상승을 끝으로 주식은 언제 그랬냐는 듯 끝없는 추락의 늪에 빠지고 말았고, IT버블 붕괴로 거의 내리막의 끝을 보이는 지금이 매수할 적기.

더 이상 늦출 수 없었기에, 1학기 수시 지원을 핑계로 시간을 만들 수밖에 없었다.

그런데 이건 또 무슨 일인지… 지훈과 이야기를 하며 대충 몇 군데를 정하고, 인터넷 수시 접수를 위해 학교 근처 PC방으로 가는 인원이 예상과 달랐다.

"넌 내신도 바닥인 게 무슨 수시야?"

"뭐? 이거 왜 이래? 면접까지만 가면 합격은 따 놓은 당상이셔."

픽이나 그러시겠다. 그 내신으로 무슨. 혼자 교실에 있기 싫은 주제에 말은……

내 눈빛에 뭔가를 느낀 예슬과 그녀의 편을 들어주는 세나와 티격태격하는 사이, 도착한 PC방엔 수시를 지원하려는 근처 타 학교 학생들도 보였다.

"자리가 있나?"

지훈도 그들을 보곤 걱정스러운 듯 주변을 둘러봤다.

"다행이네. 붙어 있진 않아도 네 자리 있네. 따로 앉지, 뭐."

세나의 말에 각자 조금 떨어진 빈자리에 앉아 볼일을 보기 시작했다.

"아직 안 끝났어?"

아까 나온 김에 떡볶이나 먹고 가자던 예슬이 궁금한 얼굴로 다가온다.

"끝나긴 했는데. 나는 잠깐 아버지께서 부탁한 게 생각나서 그거 하고 갈 테니까 넌 애들이랑 먼저 가봐."

"에이, 됐어. 같이 가자."

주식 프로그램을 까는 동안 접수를 한 세나가 주식 프로그램이 신기한지, 눈이 동그래진 채 화면에서 눈을 떼지 못한다.

"이게 뭐야?"

"아, 주식. 아버지가 하시는 건데. 인터넷으로 살 수 있다니까 몇 주 사놓으라고 하셔서."

"주식? 그 뉴스에 무슨 지수가 몇이 떨어졌다고 나오는 그거?"

"맞아. 그거야."

이것저것 묻는 그녀와 대화를 하며 주식을 확인해 보니, 유명했던 인터넷 포탈 회사 주식은 아직 상장을 하지 않은 모양이었다.

음? 아직 안 나왔나. 지금쯤인 줄 알았더니.

수시 접수를 위해 잠시 나온 데다 아이들도 기다리고 있는 탓에 서둘러 대형주를 살펴보았다. 아무리 바닥을 쳤다 해도 지금 내 여윳돈으론 잘해봐야 20주 정도였기에, 그나마 기억이 나는 대학교 때 빠져 살았던 7만 5천 원 대의 게임회사인 N사 주식 53주를 사기로 했다.

이것도 수십만 원까진 가니까 내년에 팔기만 하면 되나.

*   *   *

세상은 참 한 치 앞도 볼 수가 없다.

미래를 안다고 자신했던 내게도 미처 생각지 못했던 일이 벌어졌다.

물론 워낙 유명했던 사건이어서 알고는 있었지만, 올해 벌어진 일이었다고는 생각도 하지 못했다.

"자, 다들 조용히 해라."

이른 아침. 평소라면 0교시가 시작되어야 할 시간.

술렁이는 반 아이들에게 한마디 하신 담임 선생님께서 교실 앞 시청각교육을 위해 마련되어 있는 TV를 켜며 말했다.

"어제 밤에 있었던 일은 모두 다 알 거다. 0교시 대신 어제 일어난 테러 관련 영상을 틀 거니까 딴짓하지 말고 집중해서 보도록 해."

선생님의 말씀이 끝나고 곧이어 나온 화면에선 비행기 한 대가 거대한 건물과 충돌했고, 몇 분 지나지 않아 또 다른 비행기가 그 옆에 같은 모양의 건물에 충돌을 하자 두 건물 모두 불타오르기 시작했다.

그리고 영상이 끝날 무렵 결국 쌍둥이 빌딩이 힘없이 무너져 내렸다.

"자, 봤지. 모두 외국의 일이라고 등한시하면 안 돼. 테러란 것이 얼마나 끔찍한 것인지 명심하고, 이 일로 희생된 우리 국민도 계시니 다들 애도의 마음을 갖도록 해."

9.11 테러의 처참한 모습이 담긴 영상을 보여주신 선생님께서 그것이 갖는 중요성에 대해 설명을 하시고 교실을 나서자 예슬이 놀란 얼굴로 이쪽을 본다.

"와……. 오늘 아침 먹으면서 볼 땐 왜 뉴스에서 계속 영화를 틀어주나 생각했는데."

"야, 생각 좀 하고 살아."

지훈이 그런 예슬이 답답한지 한 소리 했지만 그녀가 한 말도 이해가 간다.

"뭐? 그럴 수도 있지! 비행기가 건물에 부딪치는 게 말이 되냐!"

후에 잡힌 테러범들이 영화를 보고 계획을 했다는 말도 말이
지만, 나 역시 어린 시절 그녀와 비슷한 생각을 했었던 기억이
떠오른다.

그만큼 과거 TV 화면에서 흘러나오던 9.11 테러 영상은 비현
실적이었으니까.

"왜 자기 목숨을 버리면서 남에게 피해를 주지? 저런 나쁜 놈
들은 다 잡아야 돼."

"맞아. 어떻게 사람이 저런 짓을 해."

*　　　　　*　　　　　*

모두를 충격에 빠뜨린 9.11 테러가 벌어진 지도 벌써 한 달이
흘렀다.

IT 버블로 내리막의 끝이라고 생각했던 주식 시장이 몇 달 전
내 예상과 달리 지칠 줄 모르고 떨어지다 이제야 겨우 안정을
찾아가고 있으니, 그 여파는 실로 어마어마했다.

하긴 9.11 테러 당시 개장 3분 만에 서킷 브레이커가 발동돼
매매가 중단됐을 정도니, 오히려 짧다고 봐도 될 만한 시간인가.

어쨌든 주식으로만 봐도 9.11 테러는 세계가 얼마나 미국이란
나라에 좌지우지되는지를 단적으로 보여줬다. 또한 한편으론 나
에게 많은 깨달음을 주었다.

나라에게나 개인에게나 사고라는 것은 언제나 예상치 못한
순간에 갑자기 찾아온다는 것과 과거로 돌아온 내가 미래를 모

두 알 수 없다는 것. 그리고 나 자신의 미래 또한 마찬가지라는 것.

전에 몇 차례 불미스러운 일들을 겪으면서도 눈앞의 이익이 시야를 가렸던 걸까.

"보자. 이제야 거의 처음 산 가격이네…… 실험을 해보길 잘했군. 내가 잡은 기준점이 완벽할 순 없다는 건가. 상한선은 어느 정도 예측이 가능하지만, 사람 일이란 게 결국 무슨 일이 벌어질지 모르는 일이고, 급히 돈이 필요할 수도 있으니 욕심내지 말고 40에서 50퍼센트 정도만 투자를 하는 게 맞겠지."

이렇게 9.11이란 예상치 못한 복병을 만나고 나서야 유동성이 떨어지는 주식에 가진 돈을 모두 투자하려고 했던 것이 위험하단 생각을 하다니.

"슬슬 하루를 시작해 볼까."

보던 신문을 접고 하숙집을 나와 걷고 있자니 이제 제법 쌀쌀해졌단 느낌이 들었다.

그만큼 수능이 다가오고 있다는 것을 의미하기도 했기에, 준비는 잘한 게 맞는지 한편으로 불안하기도 하다.

"안녕."

"그래, 그건 그렇고 예슬이 너 요새 열심이다?"

교실로 들어서자, 언제부턴가 마냥 까불거릴 것만 같았던 예슬이 공부를 하는 모습이 보였다.

선생님이 되고 싶다던데 장남수 사건 이야기를 슬그머니 꺼내던 걸 보면, 인성 교육의 중요성을 말하고 싶었던 걸까.

"두고 보셔. 사범대 갈 거니까."

"그래, 제발 붙어라."

"이씨! 너 지금 무시하는 거야?"

진심을 말했건만 뭐가 그리 예슬이의 신경을 건드렸는지, 오리 마냥 꽥꽥되는 그녀를 달래기 위해 진땀을 빼야 했다.

이제 이런 일상도 얼마 남지 않은 건가.

"세나야~"

으이구, 이것아. 그래서 사범대 가겠냐…….

항상 모르는 문제를 세나에게 묻던 예슬이 5분도 안 돼서 또 막혔는지 자리에서 일어난다.

에이구. 쯧, 저렇게 철부지인 것만 같은 이들이 벌써 졸업을 앞두고 있다는 것이 아쉽기만 하다.

드르륵.

그렇게 감성에 젖은 탓인지 평소의 교실 풍경이 왠지 낯설게 느껴져 한참을 보고 있을 때, 웬일로 0교시가 끝나고 나서야 조례를 하러 오시던 담임 선생님께서 문을 여시며 들어오셨다.

"자, 다들 주목. 빨리 앉아!"

기분이 안 좋으신지 거칠게 말씀을 하신 선생님의 이마에 깊게 주름이 잡혀 있는 모습에, 아이들이 눈치를 보며 하나둘 자리에 앉자 선생님께서 한숨을 내쉬었다.

"후, 다들 아침부터 큰소리 낸 건 좀 이해를 해주길 바란다. 사실 우리 반 영란이 아버지께서 어젯밤에 돌아가셨단다. 그래서 수업 끝나고 영란이 아버지 장례식장으로 갈 거니까 그리 알고. 혹시나 이따가 도착해서 웃거나 떠드는 일 없도록. 알겠지?"

"예."

장례식? 가물가물 기억이 날 것 같긴 한데 정확히 떠오르지 않았고, 그저 많은 아이들 사이에 껴서 절을 하고 나왔다는 것 정도가 잔상처럼 머릿속에 맴돌 뿐이었다.

"자, 모두 운동장으로 나와."

수업을 모두 마치고 장례식에 참석하기 위해 기다리고 있던 우리는, 교실로 돌아오신 담임 선생님의 말씀에 따라 운동장에 모여 장례식장으로 향하는 버스를 탔고, 곧이어 버스가 출발했다.

그렇게 장례식장으로 향하는 버스 안은 누군가 명령이라도 한 것처럼 고요한 침묵만이 감돌고 있었다.

그 모습을 보니 십 대 후반, 자신의 정체성에 대해 그리고 삶과 죽음에 대해 조금은 생각할 나이여서일까. 모두 자신의 친구 아버지가 돌아가셨다는 것에서 오는 무게감을 느끼고 있는 것 같았다.

그런 분위기 속에서 한참을 달린 버스 앞에 두 채의 흰색 건물이 보였고, 건물 위엔 병원을 상징하는 녹십자와 함께 B병원이란 문구가 크게 쓰여 있었다.

버스가 병원 앞 주차장에 서자 선생님께선 눈앞에 보이는 두 채의 건물 중 낮은 위치에 세워진 좌측의 건물로 우리를 이끄셨다.

"자, 뛰지 말고 천천히 올라가."

안으로 들어와 계단을 올라가는 사이에 본 안내문엔 장례를 치르는 병원이라 그런지 온통 장례 관련 글뿐이었고, 그것을 보던 예슬이 겁먹은 얼굴로 내게 말했다.

"아, 느낌이 이상해⋯⋯."

그녀의 말과 달리 깔끔하고 밝은 내부 탓에 장례식장이란 분위기는 찾아 볼 수 없는데도, 예슬은 장례식장이라는 이유 때문인지 기분이 좋아 보이지 않았다.

"영란이 아버지 돌아가셔서 온 거니까 그러면 안 돼. 조금만 참아. 선생님께서도 금방 끝난다고 했잖아."

"응."

이윽고 2층에 도착하자, 선생님께서 5명씩 짝을 지어 줄을 선 우리에게 한 번 더 주의를 주셨다.

"소란 피우지 말고, 아까 버스에서 알려준 대로 절하고 바로 나오면 돼. 알겠지?"

"예."

선생님을 따라 중앙의 방을 지나쳐 사랑하는 이를 잃은 자들의 애절한 곡소리가 들리는 오른쪽 방에 다다르자, 상복을 입은 사람들이 눈에 들어왔다.

선생님께서 영란이의 어머니와 말씀을 하시는 것 같았지만, 후미에 있던 탓에 아이들에게 가려 볼 수 없었다.

"자, 맨 앞 열부터 들어가서 영란이 어머니께 인사드리고 향 앞에서 절하세요."

차례가 오기를 기다리며 엄숙한 분위기가 흐르는 장례식 풍경을 보니, 다시는 생각도 하기 싫은 5년 전 아버지 장례를 치르던 기억이 떠오른다.

나이가 나이인 만큼 수많은 장례식장을 다녀봤었지만, 장례를 직접 치러본 적은 없었기에 어찌해야 할지 그저 막막하기만 했었다.

아니, 오히려 믿기지 않는 아버지의 죽음에 넋을 놓고 말았던 걸지도 모르겠다.

만약 그 당시 고향 어르신 장례라며 시열이 녀석이 도와주지 않았다면, 아버지 장례도 제대로 치르지 못한 불효자가 될 뻔했다. 그때를 생각하면 아찔하기만 하다.

불혹의 내가 그랬을진대, 아직 어리고 여린 꽃다운 나이에 아버지의 죽음을 겪은 영란의 마음은 어떨지… 보지 않아도 알 것 같았다.

차례가 다가올수록 그 모습을 봐야 한다는 생각에 착잡하기만 했다.

"다음이 우리네."

5번째인 우리 차례가 다가오자, 세나가 영정 사진이 놓인 방으로 향하는 아이들을 보며 말했다. 예슬이 긴장을 한 모양인지 두 손을 꼭 쥔다.

"들어가자."

쭈뼛이는 아이들을 다독이며 발걸음을 옮기자 상복을 입은 영란이와 그녀의 옆에 서 있는 중년의 여성을 볼 수 있었다.

얼마나 울었는지 눈이 퉁퉁 부은 두 모녀를 보니, 측은한 마음에 가슴이 찢어지는 것 같았다.

그 모습을 눈에 담고 있기 힘들어 서둘러 절을 하고 이곳을 벗어나기 위해 고개를 숙여 영란의 어머니께 인사를 하는 찰나, 남 일 같지 않아서였을까?

순간 그 둘이 아내와 딸로 보였고 갑자기 몰려오는 구토감에 방을 나서야 했다.

"승민아, 왜 그래?"

"최승민?"

"아, 미안. 속이 안 좋아서 잠깐 화장실 좀 다녀올게. 선생님께
말 좀 해줘."

갑자기 어디론가 향하는 나를 걱정하는 친구들에게 별일 아
닌 것처럼 말을 둘러대고, 서둘러 속을 게우기 위해 복도에 보이
는 화장실로 뛰어갔다.

"우웨엑."

변기에 토를 하고 나서도 아까의 충격이 가시지 않아 한동안
멍하니 그 자리에 서 있자, 누군가 화장실로 들어오며 이야기하
는 소리가 들려왔다.

"그 양반도 참……. 그냥 교사 월급이나 받으면서 연금 탈 생
각이나 하지. 괜히 벤처인지 뭔지에 투자를 했다가 사기를 당했
다며?"

"에휴, 말도 마라. 이제 한창인 나이에 자살이라니. 그깟 돈 다
시 벌면 되는 걸 가지고……. 결국 남겨진 마누라랑 자식만 안됐
지, 뭐."

"에이, 영란이 고 싹싹했던 것이 저러고 있으니… 진짜. 이놈
의 세상은 뭐 이리 좆같은지."

욕설을 내뱉던 그들이 용변을 마쳤는지 밖에선 더 이상 말소
리가 들리지 않았지만, 내 귓가엔 여전히 아까 그들이 말했던 것
들이 메아리처럼 맴돌고 있었다.

"승민아, 많이 아파?"

학교에 도착하고 나서도 계속 내가 말이 없자, 아파서 그런 것으로 착각을 했는지 예슬이 걱정스러운 눈으로 물었다.

"아냐. 괜찮아. 금방 나아지겠지."

"그래도 오늘은 집에 가면, 푹 셔. 알겠지? 그럼 내일봐."

"그래. 내일 보자."

젠장, 답답한 마음을 풀어 보려고 올라온 옥상이건만, 야속하게도 오늘따라 구름 한 점 없이 맑은 하늘을 보니, 과거로 돌아와 한 번도 생각나지 않던 담배가 왜 이리 간절한지……

*   *   *

"승민아, 긴장하지 말고 평소 하던 만큼만 해."

작은아버지의 차를 타고 수능을 볼 수성고에 도착하자, 어깨를 두드려 주신 작은어머니께서 보온도시락과 어디서 구하셨는지 중국 황제들만 마셨다던 용정차를 담은 보온병을 건네주신다.

"네, 그렇게 할게요."

"그래, 열심히 해. 형님도 기대가 크셔."

죄송스러울 정도로 과한 작은아버지 내외분의 격려를 받으며, 교정 주변으로 보이는 수많은 학생과 그들을 응원하는 가족들을 지나쳐, 칼날같이 살을 에는 바람을 뚫고 시험을 볼 2학년 3반 교실로 향했다.

"후, 모의고사라고 생각하자."

배정된 자리에 앉아 곧 치러질 시험을 기다리며 심호흡을 하는 내 마음은 어느 때보다 진지했다.

장남수 사건도, 영란이 아버지의 일도 모두 평범한 이를 불행으로 몰고 갔었다.

과거 인연도 없던 내가 이런 일들을 겪게 된 것도 우연만은 아닐지도 모른다.

그래, 그날 옥상에서 검사란 말이 떠올랐을 때, 내 목표는 확실히 정해졌다.

준비한 대로만.

작은어머니 말을 떠올리며, 중요한 수식이나 평소 실수했던 문제들을 차분히 머릿속으로 되뇌었다.

그렇게 수능을 치를 준비를 끝마쳐 갈 즈음 교실 문이 열리며 시험감독관 두 분이 들어오셨다. 그 모습을 본 아이들은 저마다 긴장을 풀려는지, 기도를 하거나 기지개를 펴기 시작했다.

잠시 후, 교실 앞 우측 상단 스피커에서 수능에 대한 방송이 흘러나왔고, 모두가 숨죽여 기다리던 결전의 순간이 찾아왔다.

"자, 시험지 배부하겠습니다."

감독관의 말과 함께 시험지가 배포되었다. 긴장감이 맴도는 교실엔 '사르륵' 하는 학생들의 시험지 넘기는 소리 외엔 어떠한 소리도 들리지 않았지만, 긴장을 한 탓인지 그 소리마저도 귀에 거슬린다.

하지만 첫 과목인 언어 영역 문제를 접하자, 다행히 평소 고전을 면치 못했던 시에 관한 문제도 대부분 아는 내용이었기에 평정심을 되찾을 수 있었고, 결국 별 어려움 없이 문제를 모두 풀 수 있었다.

"휴, 다행히 거의 예상대로 나왔네."

오전에 치러진 언어 영역과 단단히 준비를 한 수리 영역을 나쁘지 않게 본 덕에, 한결 가벼운 마음으로 점심을 먹을 수 있었다.

"하… 최승민. 이 멍청아."

길었던 수능을 모두 마치고 집으로 가는 내내, 앞에 두 과목을 너무 쉽게 푼 탓에 긴장이 풀린 나머지 3교시였던 외국어 영역에서 실수로 듣기 평가 첫 문제를 놓친 게 자꾸 마음에 걸렸다.

그만 잊자. 그거 말고는 다 잘 봤잖아.

지나간 일을 후회해 봐야 뭐 하겠어. 최선을 다했으면 된 거지.

*   *   *

내게 작은 아쉬움을 남긴 수능 결과가 발표된 지도 이틀이 지났지만, 여전히 7반의 교실은 어제부터 시작된 정시 원서 접수를 위해 바쁜 학생들로 정신이 없었다.

"선생님께서 뭐래?"

담임 선생님께 상담을 받고 온 지훈에게 예슬이 묻자, 모두 그의 입이 열리길 기다렸다.

"글쎄, 점수를 보시더니 선방했다면서, 욕심을 좀 내봐도 괜찮을 거라고 하시네. 운 좋으면 SKY에 턱걸이도 가능하다고 노려보래."

지훈이 녀석이 358점이었던가.

하긴 역대 수능 중 최악이란 평가대로 역시나 만점자도 나오지 않았고, 모의고사 때 거의 380점 이상을 맞던 아이들도 310점에서 340을 맞은 상황이니 선방을 한 게 맞을지도 모르겠다.

"우와, 좋겠네……."

260점을 맞은 예슬이 부러운지, 한참을 지훈에게서 눈을 떼지 못하는 모습에 그녀를 위로해 주려는데 상담을 받고 온 선우 녀석이 선생님께서 부르신단 말을 해왔다.

교무실에 도착해 선생님 앞에 놓인 의자에 앉자, 고3 생활을 하며 웃는 모습을 거의 본 적 없던 분께서 미소를 지은 채 지긋이 이쪽을 바라보신다.

"전국 3등께서 행차를 하셨구만."

"아… 예……."

과장된 몸짓으로 말씀을 하시는 선생님을 보니 민망함에 얼굴이 붉어진다.

"녀석, 부끄러워 하긴. 어쨌거나 상위 평균이 370이 겨우 넘는 이 마당에 396점 맞은 놈한테 무슨 상담이냐."

396점. 영어에서 실수로 첫 문제를 놓치지 않았더라면 전국 1등도 가능했을지 몰랐던 점수라고 생각하니 아쉽긴 하지만, 390점의 김준성을 재치고 신명고 내에선 1등인 점수였다.

"다 너 같았으면 고3 담임하면서 이마에 주름살 생길 일도 없을 텐데. 그래, 어디 가려고 정한 데는 있어? 전에 법대라 하지 않았나?"

"예, 맞아요."

"그래? 법대라……. 뭐, 나름대로 생각을 하고 결정을 한 걸 테니 별말은 안 하마. 너도 알아봤겠지만, 대학 간다고 끝나는 그런 과가 아냐. 아마 합격을 해도 지금보다 몇 배는 더 노력해야 해. 알겠지?"

"예, 명심할게요."

"그래, 수능 치르느라 고생 많았다."

상담을 마치고 교실로 돌아왔지만, 지훈 때완 달리 내겐 별다른 질문을 하지 않는 어색한 분위기가 흘렀고, 그 모습에 하는 수 없다는 듯 세나가 빈말을 던진다.

"아무 데나 넣으래?"

"야, 아무리 그래도 뭔 말을 그렇게 하냐."

387점이란 준수한 성적으로 김준성이 독주하던 과거와 달리, 나와 함께 삼파전을 만들었던 세나였다.

그렇기에 아군이라고 믿었던 그녀의 배신에 서운한 마음을 드러내자, 예슬이 도끼눈을 뜨고 노려본다.

"뭐! 넌 당분간 아무 말도 하지 마!"

으이구, 이 철딱서니 없는 것.

콩!

"아! 왜 때려?"

갑자기 꿀밤을 맞은 예슬이 억울한지 입술을 삐죽인다.

"어이가 없어서 그런다. 그렇게 공부하랄 때 만화책만 보던 게 어디다 성질이야?"

"뭐……. 그건… 그거고! 이건 이거지!"

"내가 너랑 무슨 말을 하겠냐. 원서 넣을 대학이나 찾아보셔."

에휴, 어련하시겠습니까. 그래도 그간 미운 정이 들었는지, 세나 뒤에 숨어 노려보는 예슬이의 모습에 입가엔 미소가 번진다.

그러나 웃는 걸 본 예슬은 내가 비웃는다고 생각을 했는지 한바탕하려는 낌새를 보였고, 결국 세나와 지훈이 그녀를 달래기 시작한다.

언제나와 같은 유쾌한 일상. 이것도 이젠 얼마 남지 않은 건가.

5장

졸업 여행

12월 15일.

학창 시절 마지막 여행인 졸업 여행을 가기 위해 우린 인천공항에 도착했다.

근처의 김포공항이 아닌 이곳으로 온다는 말에 불만을 토로했던 아이들은 막상 공항을 보니 신기한지 버스에서 내리며 한 마디씩 한다.

나 역시 마흔 평생 비행기라곤 신혼여행 때 한 번 타봤기에 그런 그들의 심정이 이해가 갔다.

"와~"

"나 공항 처음 와봐."

"자, 다들 조용히 하고 두 줄로 서보자."

평소 같았으면 그런 산만한 아이들에게 화를 낼 법도 한 담임 선생님께서 만면에 미소를 지은 채, 주변에 서 있던 한수 녀석의 어깨를 두들기며 인자하게 말하자, 아이들도 빨리 비행기에 타고 싶은지 말이 끝나기가 무섭게 2열로 선 채 선생님의 다음 말을 기다리고 있었다.

"녀석들… 모두 버스에서 나눠 준 비행기 표랑 여권 놓고 내리지 않았는지 확인해 봐. 다들 있어?"

"예~"

"없는 사람 손!"

선생님의 말에 아무도 손을 들지 않았지만 혹시나 문제가 생길까 선생님께선 두 줄로 선 아이들을 일일이 확인한 후에야 안심을 하며 우리를 인도하셨다.

"아, 지갑이나 하나 살까?"

그렇게 탑승 장소로 가던 길에 구씨 매장을 본 지훈이 고민을 한다.

글쎄… 용돈으로 십만 원 정도 받았다고 했었나? 그걸로는 안 될 텐데.

결혼 10주년 기념일에 아내 핸드백을 사준다고 루이비통에 들어갔다가 기겁을 했던 기억이 떠올랐다.

"지갑? 저기서?"

"어, 금방 사고 올게."

내게 답을 하곤 기세 좋게 매장 안으로 들어간 녀석은 지갑 몇 개를 보는가 싶더니 머리를 긁적이며 다시 우리에게 돌아왔다.

"내가 생각한 가격이 아닌데……."

그럼 그렇지. 아무리 면세라도 명품이 괜히 명품이겠냐……

"얼만데?"

궁금한 얼굴로 예슬이 묻자 지훈은 직접 보라는 듯 고갯짓을 했고, 매장에서 힐끔 가격을 본 그녀가 입을 다물지 못했다.

"세나야, 장난 아냐……"

충격을 받았는지 비행기에 탑승할 때까지 세나에게 구씨 이야기를 하던 예슬이 안으로 들어서자 내 좌석 표를 힐끔 보더니 재빨리 우측 창가 좌석으로 향했다.

"요~!"

"야, 김예슬. 장난하지 말고 니 자리로 안 가?"

"뭐! 먼저 앉은 사람이 임자지~"

"32C면 저쪽이야. 옆 사람 오기 전에 일어나."

그녀의 비행기 표를 흔들며 말을 해봤지만, 못들은 척 창밖으로 고개를 돌리신다.

"너 진짜 혼날래?"

"에이씨. 누군 앉고 싶어서 이러는 줄 알아? 수진이가 자리 바꿔달라고 해서 그런 거니까 그냥 앉지?"

"그게 무슨 소리야?"

예슬은 대답 대신 손으로 32C쪽 좌석을 가리켰다.

아직까지도 강민기와 있었던 일 때문에 나를 꺼리는 건가……

그래도 평소에 대화도 자주 주고받는 사이였던 수진이가 이럴 줄은 몰랐는데.

"그럼 처음부터 그렇게 말을 하지."

예슬은 자신이 그런 것처럼 고개를 숙인 채 웅얼거렸다.

"뭐… 미안하니까 그렇지……."

얼씨구? 네가 왜 미안해.

콩!

"아! 왜 때려!"

"아무렇지도 않으니까 고개 드시라고요, 아가씨."

"응……."

좌석 옆에 코딱지만 한 창문 덮개를 열며 그녀가 배시시 웃는다.

그 모습에 덩달아 내 입가에도 미소가 맺혔다.

아무튼 막상 이렇게 중국으로 가는 비행기를 타니 제주도로 다녀왔던 신혼여행 당시 여권을 만들어야 하는 것 아니냐며 호들갑을 떨던 생각이 난다. 그땐 참 젊었는데.

뭐, 고등학생으로 돌아와 할 말은 아닌가. 추억에 잠겨 잠시 돌아왔단 사실을 잊고 말았나 보다.

비행기가 이륙하고 얼마 지나지 않아, 작은 창엔 더 이상 육지는 보이지 않았다. 그저 끝없이 펼쳐진 바다에 작은 섬들만이 간간이 모습을 드러낼 뿐이었다.

11시에 출발해 비행기를 탄 지 한 시간이 조금 넘게 지났을 무렵 처음으로 기내식을 먹을 수 있었다.

뭐, 기대했던 것보단 별로였지만 아이들은 환호를 했고, 예슬이 역시 설탕을 넣었다곤 해도 썼을 커피를 만족스럽단 얼굴로 우아하게 홀짝이고 있었다.

"승민아, 저거 봐!"

식사를 마치고 구름 사이로 보이는 바다에 지쳐 기내 잡지를 보던 내게, 예슬이 호들갑을 떨며 어깨를 두들긴다.

"알았어, 진정해."

창문에서 눈을 떼지 못하는 그녀의 곁으로 다가가자, 눈앞에 광활한 대지가 펼쳐졌다. 그 광경에 '와' 하는 감탄사가 절로 나온다. 그리고 우리뿐만 아니라 기내에 모두가 그 모습에 놀라워하는 사이, 비행기는 북경공항에 착륙했다.

스튜어디스의 인사를 받으며 비행기에서 내린 우리들은 선생님들의 인솔에 따라 입국 심사대에 도착했고, 대부분 처음 겪는 일에 아이들은 긴장을 하고 있었다.

"어떻게 해야 되지?"

"그냥 여권 보여주면 된다잖아."

그러나 별문제 없이 먼저 줄을 섰던 아이들이 통과하자, 안심하곤 차례를 기다리며 앞줄에 선 아이들과 도란도란 이야기를 나누기 시작했다.

"No, no."

"뭐야… 뭐라는 거야."

음… 뭐지?

무슨 일인지 앞이 소란스러워 상황을 보니 우리보다 조금 앞에 서 있던 지혜를 20대 중반으로 보이는 여성 중국 입국 심사원이 미심쩍단 얼굴로 보고 있었다. 거기에 당황한 지혜는 어쩔 줄 몰라 하며 주변을 두리번거렸다.

"왜 그러지? 같은 교복인데."

세나가 알 수 없단 듯 혼잣말을 하자 지훈이 고개를 끄덕였다.

"그러게, 뭔 일이지?"

세나의 말대로 교복도 입고 있었고, 선생님들께서 나서실 거란 생각에 잠시 상황을 보고 있자, 주변에 있던 보안 직원으로 보이는 남성이 다가왔다.

그리고 입국 심사원과 함께 지혜의 여권을 본 그가 고개를 저으며, 지혜를 다그치는 모습에 서둘러 그녀의 곁으로 향했다.

"What problem(무슨 문제)?"

내 짧은 영어를 알아들었는지 남성이 뭐라고 물었지만 전혀 알아들을 수 없었다.

"I don't understand(못 알아듣겠어요)……."

그러자 뭔가 곰곰이 생각하던 그가 물었다.

"With you(너와 함께)?"

"Yes. We have high school trip(네. 우리 고등학교 여행 왔어요)."

내 말에 인상을 푼 그가 지혜의 여권 사진을 손으로 짚었다.

"Not match(일치 안 해)."

그의 말에 여권을 본 난 웃음이 나오는 걸 참을 수 없었다. 수학여행 때도 화장을 그렇게 하더니, 화장 전 모습인 여권과 눈앞에 그녀는 내가 봐도 전혀 다른 인물로 보였다.

"No. no. She is her(그녀가 그녀예요)."

"What(뭐)!?"

눈이 동그래진 그에게 이걸 뭐라고 설명을 해야 할지…….

"음… it is girl's makeup power(이건 화장발임)."

"Oh… my god(오… 신이시여)."

한참을 생각하던 그는 뭔가 떠올랐는지 자신의 이마를 탁! 치며 여성 직원과 중국어로 뭐라고 대화를 나눴고, 깔깔 웃던 입국 심사원은 지혜에게 가라는 손짓을 하며 한마디 했다.

"Go. magic girl."

"승민아, 뭐래? 가도 된대?"

입국 심사원의 말에 불안한 눈으로 그녀가 물어왔다.

"예, 통과하시래요. 마법 소녀님."

내 말에 지혜가 벌겋게 달아오른 얼굴을 감싼 채 서둘러 심사대를 지나치자, 남성 직원이 간단한 영어로 '노 매직 메이크업!'이라고 웃으며 주의를 줬다.

그렇게 사정을 봐준 그에게 감사를 표하며 친구들이 있는 곳으로 발걸음을 돌리자, 지혜가 무사히 통과하는 것을 본 아이들은 아무 일도 없었다는 듯 다시 이야기를 나누기 시작했다.

"예슬아, 소원대로 창가에 앉았어?"

"헤헤. 응! 수진이 네 덕분에."

이건 또 무슨 소리야? 아깐 수진이가 부탁을 했다고 하지 않으셨나요, 김예슬 씨.

점점 가까워지는 내 모습을 본 수진이 황급히 그녀에게 눈치를 줬고, 뒤늦게 상황을 알아차린 예슬이 어색하게 웃으며 고개를 돌렸다.

"왔네? 지혜는 잘 해결된 거야?"

"응, 잘 해결됐어. 근데 아직 해결 못 한 게 하나 있네?"

한 차례 해프닝이 벌어진 입국 심사를 마치고, 공항을 빠져나와 숙소에 도착한 우린 3성급이라고 해서 기대도 안 했던 호텔의 모습에 놀라움을 금치 못하고 있었다.

"우와."

"저거 봐."

엄청나게 높은 건물과 수없이 보이는 유리창, 그리고 그 앞에 작은 동물원까지.

그 모습은 앞으로 펼쳐질 2박 3일 동안의 중국 여행을 기대하게 만들기에 충분했다.

천장의 밝은 조명을 받아 눈부신 대리석이 깔린 호텔 로비로 들어서자, 한쪽 벽면에 그려진 고풍스러운 벽화가 우리의 눈길을 사로잡았다.

결국 호기심을 이기지 못하고 그것을 만져 보려는 아이들을 만류하느라 선생님들께서 진땀을 빼고 있을 때, 공항에서부터 안내를 해주시던 조선족 가이드 중 20대로 보이는 여성 가이드가 호텔 프런트 직원과 대화를 나누기 시작했다.

잠시 후 짧은 대화를 마친 호텔 직원이 다가와 안내를 시작했고, 선생님께 512호 객실 키를 받을 수 있었다.

"지훈아, 들어가자."

"어."

삑!

카드를 긁자 문이 열리는 기계음이 들려왔다. 그걸 보던 지훈은 호텔에 처음 묵는지 그답지 않게 서둘러 문을 열고 내부를 구경하느라 정신이 없었다.

"오… 좋네. 승민아, 너 어디 쓸 거야?"

한참을 이것저것 방 안에 놓인 물건들을 만지던 녀석이 방 한 가운데 있는 두 개의 침대를 보며 물었다.

"아무 데나 상관없어."

"그럼 내가 오른쪽 침대를 쓸게."

말을 마친 녀석은 방에 쳐진 커튼을 걷고는, 창문과 가까운 오른쪽 침대에 몸을 날렸다.

"그래."

영화나 TV에서 배우들이 하던 행동을 그대로 따라하는 그의 모습에, 나오는 웃음을 참으며 여행을 위해 가방에서 갈아입을 옷들을 꺼내야 했다.

"야, 4시 반까지니까 슬슬 옷 갈아입어라."

침대에서 여전히 다리를 쭉 뻗고 누워 창가로 쏟아지는 햇살을 한 손으로 막고 있는 녀석에게 말하자, 경례를 하듯 손을 내밀며 자리에서 일어났다.

"라져."

얼씨구? 지랄도 풍년이다.

그렇게 방에서 짐 정리를 마치고 로비로 나오자, 6반과 7반을 담당하는 중년의 남성 가이드가 약간 어색한 표준어로 이야기했다.

"이제 저녁을 드시러 가실 건데요, 호텔에서 멀지 않으니까 걸어서 갈게요."

뭐 한 것도 없는데 벌써 저녁을 먹는 건가.

"세나야. 너 옷이 너무 얇은 거 아냐?"

호텔을 나와 북경의 거리를 걷자, 한국의 겨울과 별 차이가 없는 쌀쌀한 날씨에 면으로 된 얇은 겉옷을 하나 걸친 세나가 걱정이 됐다.

아침에 환전을 안 했다는 우리의 말에 일단 자신의 돈으로 계산을 하고, 나중에 달라며 똑 부러지게 말하던 그녀가 멋을 부리는 모습을 보니 아직 세나가 10대 소녀란 걸 깨닫게 해준다.

"그러게. 두꺼운 옷 안 가지고 왔어?"

내 말에 지훈이 세나의 옷을 만지며 묻는다.

"응, 괜찮아. 별로 안 추워."

다행히 바람은 불진 않지만 6시에 저녁을 먹는다고 했던 걸 생각하면, 이제 5시가 조금 넘었으니 적어도 30분은 가야 한다는 뜻인데…….

"흐음, 야, 조끼라도 입을래?"

"괜찮다니까."

눈을 흘기는 걸 보니 그녀의 고집을 꺾기는 힘들 것 같다.

"아, 알았어. 진짜 고집은… 나중에라도 추우면 말해."

"치… 그럼 나는!"

예슬이 이건 갑자기 왜 뿔이 났어?

"뭐가?"

"치사하게 왜 세나한테만 물어봐?"

당장에라도 펭귄이 친구하자고 달려올 것같이 입은 놈이.

"넌 그렇게 두껍게 입어놓고선 그런 말이 나오냐?"

양심은 있는지 다른 말은 못 하고 투덜대는 예슬이와 걷는 세나가 걱정이 됐지만, 어느새 시선은 처음 보는 북경의 길거리로 향하고 있었다.

참 나, 내가 이렇게 해외에 나오게 될 줄이야.

과거 중국 대신 설악산으로 향했던 졸업 여행.

그땐 어린 치기에 '해외야 뭐, 나중에 가면 되지'라고 말했던 것과는 달리, 세상은 그렇게 녹록치 않았었다.

결국 이 나이 먹도록 해외라곤 한 군데도 가보질 못했으니……

이천 십몇 년이었나?

아내와 큰맘 먹고 결심했던 1박 2일의 일본 온천 여행이 갑작스런 쓰나미와 함께 물거품이 된 후, 각박한 현실에 아등바등 살아남기 위해 살다 보니 어느새 마흔을 훌쩍 넘겨 버렸고, 그저 대기업에 들어간 녀석들이 공로 여행이라며 떠나는 모습을 부러워했던 기억이 난다.

감회에 젖은 탓일까?

아직은 관광지가 아니어서인지, 서울과 별 차이 없는 북경 시내의 건물들이 왠지 달라 보였다.

그런 건물들을 찬찬히 살피며 코너를 돌자, 갑자기 주변이 소란스러워졌다.

"어?! 깜짝이야!"

옆에서 들려온 지훈의 놀란 음성.

"무슨 일이야?"

옆을 보니 낡은 모자를 쓴 주름이 자글자글한 남성이, 지훈에게 알아들을 수 없는 말을 중얼대고 있었다.

하지만 뭔가를 팔려는 사람 같았기에 안심하며 모습을 지켜
보자 익숙한 말이 들려왔다.

"진주 막걸리. 쩌넌, 쩌넌."

진주 막걸리?

한국 사람인 나도 들어본 적 없는데… 중국에선 진주 막걸리
가 유명한가?

"이 아저씨 뭐야!?"

지훈이 손을 잡으려는 그에게 손사래를 치자 타깃을 나로 바
꿨는지 왼팔에 주렁주렁 달린 뭔가를 보이며 그가 외쳤다.

"막걸리! 쩌넌."

그제야 진주 막걸리가 뭔지 알 수 있었다. 그건 딱 봐도 가짜
로 보이는 진주 목걸이였다.

"노노."

거절의 말에도 '노?'라고 반문을 한 중국인은 웃으며 다른 팔
목을 들었다.

"롤렉스, 오쩌넌."

무서워 보이는 인상과 안 어울리게 눈썹까지 움직이며, 권
하는 그의 모습이 웃겨서 하나 사줄까 했지만, 시계에 적힌
'ROLLEX'란 문구에 그런 생각을 접었다.

"됐어요."

"아, 엄청 싼 건데……."

한국말로 푸념을 하며 떠나는 그를 지훈과 멍하니 바라보다,
아직도 소란스러운 모습에 주위를 둘러보자, 우리뿐만 아니라
다른 아이들에게도 중국 상인들이 거의 맨투맨으로 붙어 상품

을 권하고 있었다.

그런 와중에 예슬 님은 뭘 또 사셨는지, 돈을 건네며 종이에 담긴 물건을 받고 있었다.

그러자 갑자기 예슬의 주변으로 인력거 5대 정도가 달라붙었다.

"지훈아! 승민아!"

그 모습에 놀란 예슬이 종이 백을 집어 던지며, 우리에게 달려 왔고 그 뒤를 무언가를 매단 인력거들이 엄청난 속도로 쫓아왔다.

"승민아! 도와줘!"

"뭐야? 갑자기 왜 쫓아오는 거야?"

코앞까지 쫓아온 인력거들을 피해 내 뒤로 숨은 그녀가 황당한 듯 말했다.

"몰라. 고구마가 삼천 원이래서 먹으려고 샀더니, 갑자기 고구마 파는 아저씨들이 이쩌년! 이쩌년! 하면서 달려들었어!"

"뭐?"

그녀의 말에 자세히 보니, 인력거 뒤에 달린 철통에서 검은 연기가 모락모락 나고 있었다.

"이쩌년 이쩌년!!"

"쩌년! 쩌년!"

말릴 새도 없이 자신들이 할 말만을 외치는 상인들 중 한 명이 쩌년이라고 말하자, 갑자기 자기들끼리 밀치며 싸우기 시작했다.

"@#%@$%!#$!$%%@#@#!"

결국 그 모습을 본 가이드 분이 달려와 중국어로 화를 내자, 그들은 기겁을 하며 인력거를 몰고 떠나갔다.

하지만 충격적인 고구마 사건을 겪은 예슬은 놀란 토끼마냥 눈을 크게 뜬 채 주변의 상인들을 경계하며 우리의 곁에서 떨어지지 않았다.

"야, 최승민… 옆에서 걸으라고 바보야."

"알았어, 왔잖아."

겁은 왜 이리 많은지… 채 세 걸음도 떨어지지 않았구만.

식당에 도착해 식사를 마치고 마지막 일정인 서커스를 보기 위해 버스에 오르자, 먼저 자리에 앉은 예슬 님께서 툴툴대신다.

"완전 실망."

"그러게 말이다. 배고프니까 먹었지 진짜……."

이번엔 그녀의 말에 동의할 수밖에 없었다.

마치 여성용 화장품을 먹는 것 같은, 그 말로 표현할 수 없는 역겨운 향신료의 맛이 아직도 입안에 맴돈다.

"가다가 슈퍼나 들렀으면 좋겠다. 그치?"

간절하기까지 한 예슬의 표정을 보니, 식당에서 테이블 위에 먹음직스러워 보이던 돼지고기 야채볶음이 올라올 때만 해도 눈을 초롱초롱하게 빛내며 환호하던 그녀가 맞나 싶다.

"거기서도 그 맛이 나면?"

"……."

생각지 못했던 충격적인 대답이었던 걸까? 그녀의 동공이 흔들린다.

"아냐! 그럴 리 없어!"

절규하는 예슬의 모습에 우리에게 웃으며 특별히 향신료는 쓰지 말라고 부탁을 했다던 가이드의 해맑은 미소가 떠올라 내일은 또 어떻게 버텨야 할지 착잡하기만 하다.

"어머, 꼬마애가 잘하네."

서커스를 보던 세나가 많이 쳐줘야 9살 정도로 보이는 어린 소녀의 공연에서 눈을 떼지 못한다.

짝! 짝! 짝! 짝!

소녀의 연기가 끝나자, 대부분 서양인이나 우리와 같은 관광객으로 채워진 객석에선 어른도 하기 힘든 동작들을 선보인 소녀에게 다른 때보다 더 많은 박수가 쏟아졌다.

"휴, 실수할까 봐 못 보겠어."

공연을 즐기는 세나와 달리 두 손을 꼭 잡고 동작을 할 때마다 눈을 질끈 감던 예슬은, 소녀가 무대 뒤편으로 사라지고 나서야 안도의 한숨을 내쉬었다.

"제발, 끝. 끝. 끝."

아이구, 공포 영화는 잘만 보면서…….

다행히 그런 예슬이의 마음을 알아준 것인지, 다음 순서인 합동 공연이 끝난 뒤 모든 단원이 나와 객석을 향해 인사를 하는 것으로 서커스는 막을 내렸다.

"괜찮긴 했는데, 꼬마는 좀 불쌍하지 않았어?"

"응, 보는 내가 다 고통스럽더라."

공연 내내 아무렇지 않아 하던 세나가 미간을 찌푸리며 지훈의 말에 동의하자, 예슬이 맞장구를 친다.

"진짜 어리던데 얼마나 힘들까."

결국 모두 같은 마음이 아니었을까.

공연 내내 박수를 거의 치지 않던 아이들이 그때만큼은 누구보다 열심히 치고 있었으니까.

"그러게 부모님께 잘해. 너 같은 것도 자식이라고 먹여주고 재워주잖냐?"

"너나 잘해!"

화를 내던 예슬이 뭔가 찔렸는지 숙연해진 눈으로 하늘을 바라봤다.

그런 그녀를 따라 공연장 위로 밤하늘을 수놓은 별들을 보며, 부모님의 품 안에서 온실 속 화초처럼 자란 녀석들에게 이 짧지만 값진 경험이 가족의 소중함을 깨닫는 좋은 밑거름이 되었으면 하는 작은 바람을 가져 본다.

"아, 또 걸어?"

"그러게… 버스는 얼마 타지도 않았구만."

호텔에서 조식을 먹고 잠시 쉴 겨를도 없이 자금성을 보기 위해 이동하던 아이들의 입에서 불만이 터져 나오자, 가이드 분께서 거의 다왔다고 말씀하셨지만, 어제의 경험을 비추어 보면 그리 신빙성 있게 들리진 않는다.

하긴 워낙 넓은 땅덩어리니 1시간이 짧은 거리일지도.

한참을 걸어 수많은 사람이 오가는 도로에서 신호가 바뀌길 기다리는 우리에게, 가이드 분이 손으로 가리킨 거대한 성벽을 본 담임 선생님께서 그 웅장한 모습에 감탄을 하신다.

"오… 얘들아. 저게 자금성이야!"

"어!? 저거 나 황제의 딸내미에서 본 거 같은데."

"맞아. 본 거 같아."

선생님의 말씀이 끝나기 무섭게 중국 드라마나 영화에서 많이 본 익숙한 자금성의 모습을 아이들이 서로 본 적이 있다며 난리도 아니었다.

"와, 진짜 힘들다."

들어갈 때만 해도 신나 하던 아이들은 막상 자금성을 관람하고 나오자 녹초가 되어 있었다.

"자, 다시 이동하죠."

거의 울상이 된 아이들이 믿기지 않는다는 듯 가이드에게 물었다.

"또요?"

"예, 여기서 얼마 안 걸리니까, 그것만 보고 식사를 하시면 돼요."

결국 우린 끝이 보이지 않던 자금성을 나와 파낸 흙으로 산을 쌓았다던 이화원이란 빼어난 경관을 자랑하는 인공 호수 관람을 마치고 나서야, 저녁 식사를 위해 가이드가 굉장히 유명한 북경 오리 전문점이라고 소개를 해준 식당으로 입장해 지친 몸을 달랠 수 있었다.

"후릅… 북경 오리? 들어본 거 같긴 한데. 맛있으려나."

이화원의 아름답던 호수와 여유롭게 그곳을 거닐던 사람들보다도 더 기억에 남는 매서운 바람에 언 몸을 녹이려는지, 차를 홀짝이고는 찻잔으로 손을 비비던 세나가 말을 꺼냈지만 그다지

기대하는 모습은 아니었다.

"그러게, 맛있다고 하니까 괜히 불안해지네."

지훈이까지 이런 말을 할 정도니, 아이들의 중국요리에 대한 불신은 머리끝까지 차올랐다고 봐도 무방했다.

하긴 회전 테이블이 있던 식당에선, 마파두부를 벌칙처럼 테이블을 돌려 걸린 사람이 먹었으니……

"온다."

예슬이 말한 대로 여종업원들이 테이블로 다가와 하나둘 접시들을 내려놓기 시작했다.

한국에서 먹던 오리로스나 주물럭과는 달리, 종업원이 내려놓은 2개의 커다란 원형 접시 한쪽엔 오리 살코기가 먹기 좋게 담겨 있었고, 다른 쪽엔 바삭해 보이는 껍데기가 수북이 쌓여 있었다.

"음……"

"후……"

요리가 나왔지만 아이들이 서로 눈치만 보고 선뜻 젓가락을 움직이지 않는 모습을 본 여종업원은 먹는 법을 몰라 그런 줄 알았는지, 친절하게 고기와 껍데기를 같이 집고 소스에 찍는 시늉을 하자 모두의 시선이 내게로 향했다.

이 나이에 반찬 투정을 하는 것도 우습고, 여행을 하는 즐거움의 반은 먹는 재미란 생각에 식당에서 별 불만 없이 요리를 먹었더니 어느새 이런 취급을 당하고 있다.

에휴, 이것들이……

안 먹고 뭐하냐는 세나와 예슬의 눈빛에 하는 수 없이 젓가락을 들어 종업원이 보여준 대로 일식 돈가스 소스랑 비슷해 보이는 갈색의 소스에 고기를 찍었다.

음? 입안에서 느껴지는 새콤달콤한 소스와 잘 어울리는 바삭하면서도 고소한 오리 고기의 맛에 눈을 크게 뜨자, 종업원이 그럴 줄 알았다는 듯 웃으며 테이블을 떠나간다.

"뭐야? 맛있어?"

입맛이 까다로우신 세나 씨의 설마? 하는 눈빛에 고개를 끄덕여 드렸다.

사실 맛도 맛이었지만, 그 요상한 향신료 맛이 나지 않는다는 것만으로도 이미 합격이나 다름없었다.

"어머! 예슬아, 먹어봐~"

북경 오리를 맛본 예슬이와 세나의 얼굴에 중국요리를 먹고 나서 처음으로 웃음꽃이 폈다.

오랜만에 즐겁게 식사를 하고 북경의 유명한 번화가라는 붉은 등이 일렬로 늘어선 왕부정 거리의 노점들을 구경하는데, 정말 정상적인 건 눈을 씻고 찾아봐도 보이질 않았다.

벌레 튀김에… 저게 뭐야… 불가사리?

"최승민."

"어?"

무심코 고개를 돌리자 볼을 무언가 '쿡' 하고 찔러왔다.

김예슬… 이게… 진짜…….

이화원에서부터 벌써 몇 번째인지.

"야! 너 내가 하지 말랬지?"

"바~ 보."

아직도 볼에서 떠나지 않은 그녀의 검지를 신경질적으로 쳐내며 화를 냈지만, 내 말을 귓등으로 들으신 예슬 님께서 노골적인 비웃음과 함께 가벼운 발걸음으로 세나에게 달려가신다.

그 모습에 이미 손은 노점에서 팔고 있는 귀뚜라미 꼬치를 집고 있었다.

"김예슬."

"하!"

속을 것 같냐며 옆으로 폴짝 뛰던 예슬이 눈앞의 귀뚜라미 꼬치를 보더니, 그대로 바닥으로 주저앉고 말았다.

"엄마!"

"이게 혼나려고, 앞으로 까불지 마라?"

"야!"

＊　　　　　＊　　　　　＊

똑. 똑. 똑.

"누구세요?"

"승민이."

"잠시만……."

408호 문을 열고 나온 반팔 차림의 예슬을 본 지훈이 황당한 얼굴로 물었다.

"뭐냐? 준비 안 했어?"

"응. 오늘 못 놀 거 같아."

중국에서의 마지막 밤을 이대로 끝내기 아쉽다던 예슬의 투정에 호텔 주변을 구경하기로 했었던 터라, 지훈과 난 이 어이없는 상황이 그저 황당할 따름이었다.

"뭐?"

"세나가 많이 아픈가 봐……."

"세나가?"

그녀의 말에 서둘러 방으로 들어가자, 세나는 머리에 수건을 얹고 침대에 누워 자고 있었다.

녀석, 그렇게 얇게 입고 다니더니 결국엔…….

"선생님껜 말씀드렸어?"

"응. 감기인 거 같다고 약 주셔서 먹었어."

세나의 이마를 만져보니 다행히 열은 높지 않은 것 같았다.

"그래? 후, 예슬이, 니가 좀 잘 챙겨."

"알았어."

지훈과 함께 방을 나서려고 돌아서는 우리에게, 자고 있는 줄 알았던 세나의 힘없는 목소리가 들려왔다.

"니들끼리라도 다녀와……."

"됐다. 아픈 사람 두고 놀아봐야 재미나 있겠냐. 푹 쉬기나 해."

치이이익― 치이이익―

방으로 돌아오자 지훈이 녀석이 중국까지 와서 처량하게 남자 두 놈이 지직거리는 TV에서 흘러나오는 미국 여가수의 MV를 보고 있는 게 우스웠는지 갑자기 웃음을 터뜨렸다. 그런 녀석과 한참 동안을 웃고 나서야 우린 잠이 들 수 있었다.

"괜찮겠어? 힘들면 말해."

밑에서 올려다봐도 끝없이 펼쳐진 만리장성을 올라야 했기에 세나가 걱정됐다.

"응, 괜찮아. 그리고 올라가다 힘들면 쉬지 뭐."

담임 선생님께서 빌려주신 점퍼를 입은 세나가 안심하란 듯, 먼저 만리장성의 계단을 향해 발걸음을 옮겼고, 우리도 서둘러 그녀의 뒤를 따라 움직였다.

"저거 맛있겠다."

예슬이 장성 계단에서 조금 떨어진 곳에서 아주머니께서 팔고 있는 과일 꼬치를 보더니, 쪼르르 달려간다.

"음… 어쩌지."

막상 사려니 고민이 되나 보다.

자그마한 붉은 과일에 물엿이 칠해진 무협 영화에서 단골로 등장을 하던 음식을 보니, 나 역시 맛이 궁금했기에 예슬이에게 물었다.

"그럼 하나만 사서 같이 먹을까?"

"응, 그래."

한국 돈, 천 원을 달라는 아주머니께 돈을 건네고 꼬치를 받아 예슬이에게 내밀자, 한 입 깨물어 먹던 그녀가 눈살을 찌푸린다.

"으… 에……."

"왜? 맛없어?"

"아니… 맛은 있는데, 너무 신데?"

시다고?

언 탓에 아이스크림을 먹는 것 같은 과일을 깨물었더니, 예슬의 말대로 마치 '아!셔!'라는 사탕이 생각나는 강렬한 신맛이 입안 가득 퍼졌다.

"오."

"많이 시죠?"

놀라고 있는 내 모습을 옆에서 지켜보던 가이드가 웃으며 다가왔다.

"예, 장난 아닌데요?"

"그게 탕후루라는 건데 산사나무 열매를 설탕물에 담가서 만드는 거예요. 처음 드시는 분들은 다들 신맛에 곤욕스러워하긴 하시는데, 드시다 보면 다들 맛있다고 하시더라구요."

"아… 그렇군요."

신맛을 그리 좋아하지 않는 탓에 꼬치를 통째로 예슬에게 넘겨주자, 몸서리를 치면서도 잘도 먹는다.

잘만 먹으면서 째려보기는.

얼마나 올랐을까, 겨울 날씨임에도 이마에 땀방울이 맺힌다.

그리고 계단의 중간에서 뒤를 돌아보니 지훈이 역시 컨디션이 좋지 않은지, 결국 오르는 것을 포기한 세나와 이야기를 나누고 있었다.

"너도 힘들면 좀 쉬어."

"괜찮아."

오늘은 웬일인지 엄살쟁이 예슬 님께서 꾸역꾸역 계단을 오르시나 했더니, 조금 더 오르다 결국 힘든지 그녀가 계단에 손을 짚고 한숨을 내쉬자 엄마 손을 잡고 그 모습을 보던 푸른 눈의 소녀가 꺄르르 웃으며 지나갔다.

"저게……."

"자."

꼬마가 얄미웠는지, 힘을 내 일어나는 예슬이에게 손을 건넸다.

"응… 땡큐."

"오르기나 하세요."

예슬이와 올라와서 본 끝없이 펼쳐진 만리장성의 장엄한 모습은, 졸업 여행의 대미를 장식하기에 손색이 없었다.

"최승민."

김예슬… 여기서 장난을 치고 싶냐…….

"너 내가 또 속……."

갑자기 볼에서 느껴진 부드러운 감촉에 하려던 말을 끝맺지 못했다.

"너… 지금……."

"뭐, 뭐가? 애들 기다리니까… 빨리 내려가자!"

붉게 달아오른 얼굴로 눈을 질끈 감은 채 돌아서는 예슬의 모습에 하려던 말을 삼켜야 했다.

"그래… 내려가자."

한국으로 돌아오는 비행기 안에서 예슬과의 어색한 분위기를 이기지 못하고 자는 척 눈을 감았다. 하지만 친구로만 생각했던 그녀의 입술이 볼에 닿았던 감촉이 자꾸 떠올라, 머릿속은 복잡하기만 했다.

*   *   *

"휴, 시간 참 빠르네."

졸업 여행을 다녀오고 나서 12월 중순에 겨울방학을 했으니 거의 두 달 만에 교복을 입는 것 같다.

그러나 교복을 다시 입었다는 것은, 내 집같이 익숙해진 하숙집을 떠나야 할 시간이란 뜻이었다.

1월까지였던 계약은 끝났지만, S대에 합격을 하자 주인아주머니께선 집이 먼데 번거롭게 오가지 말고, 대학에 갈 때까지 이곳에 머물며 기숙사나 근처 방을 알아보라며 배려를 해주셨다.

그러나 아무래도 3월이 오기 전엔 방을 빼는 것이 예의인 것 같아, 졸업식까지만 있겠다는 말씀을 드렸는데 오늘이 바로 그 날이었다.

"자, 가볼까."

오늘이 마지막이라고 생각하니 조금은 아쉽지만, 오랜만에 만날 녀석들을 떠올리며 넥타이를 고쳐 매곤 하숙집 푸른 대문을 나섰다.

"여어. 다들 잘 지냈나?"

교실을 들어서자마자 손을 흔드는 반가운 얼굴들을 보며 인사를 건네자, 고작 두 달이 지났을 뿐인데 무슨 할 말들이 그리

많은지 평소 말이 없던 세나마저도 입이 쉬지를 않았다.

"그래서… 내가……."

방학 동안 여행을 다녀온 이야기를 하는 세나와 그를 친근한 눈으로 바라보는 지훈과 예슬.

처음 이곳에 왔을 땐 상상도 하지 못할 장면이었다.

K대에 합격을 한 내게 한없이 적대적이었던 소년 지훈.

그는 어느새 나와 진지한 고민을 나누는 사이가 되었고, 신명고 S대 삼인방 중 한 명인 공부만 알던 새침데기 소녀 세나는 공부보다 더 중요한 것이 무엇인지 깨달은 것 같아 보였다.

그리고… 아직 대학 합격이 결정되지 않은 예슬은, 그녀답지 않게 졸업 여행에서 내게 결국 끝을 내야 할… 숙제를 안겨주었지만 여전히 소중한 친구였다.

녀석들은 알까? 인생에서 지금이 얼마나 찬란하고 아름다운 시절인지.

그걸 깨닫는 순간, 이 모습을 추억하며 다시 웃는 날이 오겠지.

그땐 모두 가정을 이루고 있을 수도 있고 백발이 성성한 노인일지도 모르겠지만, 분명 마음만은 철부지였던 학창 시절 지금 눈앞의 소년 소녀일 것이다.

"이 졸업식을 끝으로 어느덧 정든 교정을 떠나, 교우들과 헤어져야 한다는 것이 안타깝기만 합니다."

교장 선생님의 졸업장과 상장 수여식으로 시작된 졸업식은, 어느덧 처음으로 학생회가 제 역할을 한 결과로 공약을 지킨 3학년들에 대한 칭찬을 늘어놓던 2학년 대표의 송사에 대한, 학생회장인 준성의 답사로 이어지고 있었다.

"···관심과 사랑을 베풀어주신 선생님들, 그리고 저희를 보살펴 주신 모든 분의 기대에 어긋나지 않는 졸업생이 되겠습니다."

준성의 답사가 끝나고 강당엔 졸업식 노래 반주가 흐르기 시작하자, 학생들이 따라 부르기 시작했고, 노래를 듣는 동안 과거엔 느끼지 못했던 가슴 한편이 뭉클해지는 느낌을 받았다.

과거 암울하기만 했던 신명고.

그 중심에 있던 강민기도 더 이상 내게 아무런 의미도 없는 존재가 된 지금.

이젠 고교 생활의 애틋한 추억을 간직한 곳으로 기억되지 않을까?

졸업식이 끝나자 아쉬운지 눈물을 보이는 예슬.

그런 그녀를 다독이는 세나와 그 모습을 보며 말없이 내게 어깨동무를 하는 지훈의 팔을 느끼자, 그것을 확신할 수 있었다.

6장

법문사

"이 옷은 이제 안 맞지 않니?"

졸업식을 마치고 함께 하숙집으로 오신 어머니께서 겨울용 면티를 들고 물으셨다.

"아니에요. 괜찮아요."

"그래?"

미심쩍어하시며 다가오신 어머니께선, 내 몸에 옷을 대보시고 나서야 박스에 집어넣으신다.

하여튼 예나 지금이나 아들 말은 왜 이리 안 믿으시는지······.

따리리— 따리리—

어머니와 함께 짐 정리를 하며 이젠 필요 없는 수능 문제집을 줄로 묶고 있을 때, 아버지께서 대학 합격 선물로 사주신 핸드폰이 울렸다.

번호를 보니 졸업 여행 이후 어색해진 예슬의 전화였다.

무슨 일이지?

용기를 냈을 그녀가 무안하지 않게 조심스레 말을 건넸다.

"어, 예슬아. 무슨 일이야?"

―으응… 승민아. 나 재수하려고.

"결국 안 됐어?"

오늘 오후에 최종 결과가 발표된다더니, 결국 떨어진 건가.

―응. 떨어졌어……

"어쩔 수 있나. 조금만 더 고생해. 나중에 후회하는 것보단 낫지."

―그래야지……. 아무튼 그렇다고…….

"그래, 힘내고 다음에 애들이랑 한번 보자."

이렇게 말은 하지만 사실 어떻게 해야 할지 답답하기만 하다.

―응. 그럼 다음에 봐.

그렇게 예전과 달리 농담 한마디 없이 예슬과의 통화를 마치자, 옆에서 귀를 쫑긋 세우고, 대화 내용을 들으시던 어머니께서 물으신다.

"재수? 누가?"

"아, 예슬이 아시죠?"

"예슬이? 니 병문안 왔던 고 맹랑한 기집애?"

"하하, 예. 교대에 지원했는데, 떨어져서 재수를 한다네요."

"에이구, 그 집 부모도 걱정이 이만저만이 아니겠구만."

"뭐, 그렇겠죠……."

혀를 차시는 어머니의 눈치를 보며 말을 꺼냈지만, 지뢰를 밟은 모양이다.

"그렇겠죠는! 이놈아. 너만 해도 웅! 엄마가 다니던 절까지 옮기고, 니 수능 잘 보라고 매일같이 108배를 드렸어! 이 웬수 같은 놈아!"

알죠. 알고 말구요. 과거에도 못난 놈을 위해 그리 열심이셨던 일을 어떻게 잊겠어요…….

"그래서 엄마 덕분에 잘 봤잖아요."

"뭐 그렇긴 하지."

금세 기분이 좋아진 어머니께서 갑자기 뭔가 생각이 나신 듯, 손뼉을 치셨다.

"내 정신 좀 봐! 요번에 니놈 때문에 절 옮겼다고 했잖니?"

"예, 방금도 말씀하셨잖아요. 이름이 법문사라고 하지 않으셨어요?"

"웅, 그래. 법문사. 그 절 주지 스님이 팔십이 넘은 노인네라고 말했지?"

어머니의 말씀에 올 것이 왔음을 직감했다.

과거 이맘때 즈음, 어머니께서 절에서 받아오셨다던 부적을 하나 주셨다.

영험한 노승이 써주셨다며 내 목숨을 살릴 부적이라나 뭐라나.

하여튼 그 후에도 아무리 미신이라고 설명을 해도 꿈적도 안 하시던 어머니께선, 염주니 기왓장이니 하며, 절에서 요상한 것들을 사오셨다.

그리고 그중에서도 노승에게 공짜로 받아온 부적만은, 꼭 지니고 다니라는 성화에 항상 지갑에 넣고 다녀야 했다.

목숨은 개뿔. 어머니께서 절에서 받아 온 것들이 정말 영험했다면, 내 자식들은 딸이 아닌 아들이었겠지?

하지만 어머니의 고집을 꺾을 수 없다는 걸 몸으로 겪은 탓에 빨리 이야기를 끝내고, 어서 부적이나 주십사 하는 심정으로 맞장구를 치기 위해 입을 열었다.

"그랬죠. 어머니께서 대단하신 분이라고 하셨잖아요."

"대단하긴! 망할 놈의 노망난 영감탱이."

응? 분명 내 사주를 보고 알 수 없는 말들을 중얼중얼 읊더니, 그 자리에서 바로 써줬다고 했는데?

"예? 노망이 나다니요?"

"사주를 봐준다고 해서, 냉큼 니 생년월일을 불러줬더니, 뭘 쭉쭉 쓰던 노인네가 술시(오후 7시~오후 9시)에 태어났다니까 운명을 거스르는 팔자라나 뭐라나. 부적도 안 통할 놈이라고 그냥 살라지 뭐니? 그냥 돈을 달라고 하지! 망할 놈의 땡중이, 어딜 남의 귀한 자식한테 뭐!?"

명운이 위태로운 팔자가 아니라, 운명을 거스르는 팔자라고? 거기다 내가 태어난 시간은 왜 술시야!

"엄마, 저 자시(오후 11시~오전 1시)에 태어났잖아요. 그래서 1시간만 늦었으면, 해가 바뀌었을 거라고 하셨잖아요?"

23시 15분. 12월 31일 생인 내가 태어난 시간을 잊을 리 없다.

"애가 갑자기 무슨 뚱딴지같은 소리야? 엄마가 너 낳은 시간도 모를까 봐? 7시 30분이지! 이놈이?"

"아, 그랬나……."

이게 무슨……. 원래대로라면 부적을 받아오셨어야 할 어머니께서 부적은커녕 내가 태어난 시간까지 다르게 말씀을 하시다니…….

"흰소리 그만하고 짐이나 싸."

"예."

대체 그 주지란 인간은 뭐야……. 운명을 거스른다는 이야기를 했던 어머니의 말씀대로라면, 그는 내 미래가 바뀌고 있다는 걸 안다는 말인데…….

아니, 그보다 과거에 써줬던 부적은 뭐였던 거야?

만약 목숨을 구한다고 했던 게 과거로 돌려보낸 이걸 말하던 거였다면, 그 부적 덕분에 내가 여기로 오게 됐다는 건가?

"승민아, 최승민!"

"…네? 엄마."

"뭐가 '네?' 야! 얼른 짐 안 싸!"

"아, 죄송해요."

법문사라… 한번 가봐야 할 것 같다.

＊　　　　＊　　　　＊

"야, 최승민. 너 집 나갔다고 연락도 안 하고 그러면 혼난다?"

짐 정리를 마치고 정든 하숙집 사람들과 막상 작별을 하려니 시원섭섭한 기분이 들었다.

"아, 누나. 저를 뭐로 보고 당연히 해야죠."

"이 누님, 단축 번호 몇 번이야?"

단축 번호…….

"에이, 그게 뭐가 중요해요? 저장되어 있으면 된 거지……."

"갖고 와봐."

말을 흐리는 내 모습에 한쪽 눈썹만 치켜뜬 지수 누나가 꺼낸 핸드폰을 낚아채 갔다.

"어쭈? 이게 등록 안 했네. 죽을래?"

"이년이! 맨날 승민이 괴롭히더니, 아주 가는 날까지 못 잡아 먹어서 안달이 났나!"

"엄만! 내가 뭘 괴롭혀?"

"헛소리 말고 이리 안 와?"

결국 아주머니와 누나 사이에 한바탕 소란이 벌어지고 나서 야, 정상적인 작별 인사를 나눌 수 있었다.

"그동안 감사했습니다."

"아니야, 오히려 승민이가 착하게 잘 지내줘서 아줌마가 고맙지."

"제가 뭘요. 다들 잘 대해주셔서 그런 거죠."

"우리 승민이 보고 싶어서 어떡해? 대학 생활 잘하고, 자주 놀러와."

"예, 그럴게요."

하숙집 앞 도로변까지 나와 손을 흔들어주시는 하숙집 식구 들에게 인사를 하며, 아버지의 트럭에 몸을 실었다.

*   *   *

[수원행 새마을호 제302열차가 잠시 후, 타는 곳 4번 승강장으

로 도착하겠습니다.]

수원 근처 광교산에 위치해 있다는 법문사에 가기 위해 기다리던 내게 열차가 도착한다는 안내 방송이 들려왔다.

덜커덩. 덜커덩. 치이이익—

잠시 후 큰 소리와 함께 역에 정차한 기차에 올랐다.

평일 오전이라 그런지, 텅 빈 기차 칸 중간에 홀로 앉아 있던 이십 대 초반의 남성이 이쪽을 힐끔 보더니 곧 관심 없다는 듯 고개를 숙인다.

"후우."

자리에 앉는 사이 창가에 비친 수심 가득한 내 얼굴을 보니, 어느새 꾸벅꾸벅 졸기 시작한 그가 부럽기만 하다.

오늘이 2월 22일이니, 졸업식 이후 2주 만인가.

그날 어머니께 법문사 주지에 관한 이야기를 듣고 나서, 수많은 생각이 머리를 스치고 지나갔다.

그중 날 고민에 빠지게 만든 것은 '부적이 과거로 돌아오게 했다면, 다시 미래로 갈 수도 있지 않을까?'란 의문이었다.

그리고 떠오른 또 다른 생각.

'그럼 미래로 돌아간다면, 후회하지 않을 자신 있니?'

이 짧은 의문이 내 발목을 잡았고, 결국 법문사로 갈 결심을 하기까지 2주란 시간이 필요했다.

하지만 창가에 비친 내 모습이 말해주듯 그 문제에 대한 결론을 내리지 못했다.

그래, 아무리 고민을 해봐도 알 수 없다면, 차라리 부딪쳐 보는 편이 낫겠지.

서서히 멀어지는 기차역을 보며, 좌석에 편안히 몸을 맡긴 채 눈을 감았다.

"감사합니다."

수원에 도착해 버스를 타고 10분쯤 갔을 때, 들려오는 광교산이란 기사님의 말씀에 서둘러 버스에서 내려, 산 중턱에 도착할 수 있었다.

그리고 유명하다는 어머니의 말씀에 큰 사찰을 생각했던 것과 달리, 그리 크지 않은 사찰 건물 세 채와 소박한 석탑이 전부인 아담한 사찰이 눈에 들어왔다.

잠시 마음을 가다듬고 여유로이 싸리나무 빗자루로 마당을 쓸고 계신, 중년의 스님께 다가갔다.

"안녕하세요."

"예, 안녕하십니까."

내 인사에 비질을 멈추고 합장을 하시는 스님께 정중히 고개를 숙였다.

"저 스님, 실례가 되지 않으면 뭣 좀 여쭤도 될까요?"

"무슨 일이신지 모르겠지만, 편히 말씀해 보시지요."

"예, 그게 주지 스님을 만나 뵙고 싶은데 지금 계시는지 알 수 있을까요?"

"큰스님은 무슨 일로?"

스님께선 어린 내가 그를 찾아올 이유를 모르겠다는 듯 의아한 표정으로 바라보셨다.

"아, 어머니께서 주지 스님께 사주를 보고 오라고 하셔서요.

직접 뵙고 봐야 정확하다고……"

말을 하며 일부러 머리를 긁적이자, 내 사정을 짐작하신 스님께서 안쓰러운 눈으로 나를 바라보신다.

"그렇습니까? 이거 시주께서 고생이 많으십니다. 이리로 가시지요."

"예, 감사합니다."

"허, 큰스님께서도 참… 생전 그러신 적 없던 분이 요새 들어 왜 이리 그쪽에 관심을 두시는지……."

이런 일로 찾아오는 사람들이 많은지, 지친 얼굴로 푸념을 늘어놓으시는 스님의 말 중 '요새'란 이야기가 마음에 걸렸다.

"전에는 주지 스님께서 사주를 보시지 않으셨나 봐요?"

"예, 그렇지요. 근래에 무슨 깨달음을 얻으셨는지 갑자기 이러시지 뭡니까?"

"그러시군요. 근데 부적도 써주신다고 들었는데 맞나요?"

"부적이요? 아니요. 큰스님께선 누구에게도 부적을 써주신 적이 없는데… 혹시 잘못 찾아오신 게 아닙니까?"

"어머니께서 법문사라고 하셨는데요?"

부적을 써준 적도 없고, 근래에 사주를 봐주기 시작하셨다…….

뭐지? 내게 부적을 써준 것도 우연이 아닐지 모른단 말인데.

"이곳이 법문사이긴 한데… 흠. 이거 큰스님에 대한 소문이 와전됐나 봅니다. 아, 이곳입니다. 잠시만."

사찰 내 좌측에 위치한 조그마한 법당에 도착하자, 스님께선 양해를 구하시곤 안으로 들어가셨다.

그리고 잠시 후, 문을 열고 나오신 스님께서 내게 손짓을 하셨다.

"큰스님께서 들어오시랍니다."

"예."

방금 전, 스님의 말씀에 더욱 커진 의문을 안은 채 법당으로 떨리는 발걸음을 옮겼다.

"안녕하세요."

꿀꺽.

불상만 덩그러니 놓인 방에서 맞이해 주시는 주지 스님께 인사를 하며 나도 모르게 마른침을 삼키고 말았다.

"그래요, 반가워요. 그리 긴장하지 말고 여기 앉아요."

그런 내게 방 한쪽에 놓인 방석에 앉으라며 인자하게 말씀하시는 법문사 주지 스님을 뵙자, 과거 어머니께서 왜 영험하다고 말씀을 하셨는지 이해가 됐다.

"예⋯⋯."

낡은 승복을 입은 그의 모습은 그저 평범한 노인이었지만, 현기라고 해야 할까?

난생처음 느껴보는 눈빛은 그가 범상치 않은 인물이란 것을 알려왔다.

어쩌면 그는 내 궁금증에 대한 모든 해답을 가지고 있을지도 모른다.

과연 그가 나를 과거로 돌려보낸 걸까?

"허허, 뭐 볼 게 있다고, 늙은이를 그리 보는 겐가?"

스님의 말씀에 그제야 할 말도 잊은 채, 한참을 바라보고 있었다는 걸 깨달았다.

이런!

"아! 죄송합니다."

"괜찮아요. 그래, 사주를 보러 오셨다고?"

"예, 어머니께서 어찌나 성화신지."

"허허허. 그럼 이 늙은이가 어머님의 마음을 편하게 해드려야 겠구만."

"예, 뭐……."

찻잔에 차를 따라 건네주시던 스님이 물으신 대로 이름과 생년월일을 알려드리자, 잠시 멈칫하신 스님께서 내가 듣고 싶었던 질문을 던지셨다.

"그래, 태어난 시간은 어찌 되시는가?"

"23시 15분이요."

과연 그는 과거로 돌아오기 전, 내가 태어났던 시간을 듣고 뭐라고 대답을 할까?

태연한 척 말을 건넸지만, 찻잔을 쥔 손은 부들부들 떨리고 있었다.

"자시라."

그런 내 마음이 전해졌는지 진지하게 눈을 감으신 채 뭔가를 중얼거리시던 스님께서 갑자기 사색이 된 얼굴로 입술을 파르르 떠셨다.

"이런, 천기를 역행시킨 얼간이가 누군가 했더니 나였단 말인가!"

천기를 역행시켰다고 말씀하시는 걸 보면, 스님께서 나를 과거로 돌려보낸 것이 맞단 소린데. 왜 정작 스님께서는 모르고 계신 거지?

"저… 스님."

"잠시만 아무 말도 하지 마시게."

그렇게 생각에 잠기신 스님께선, 한참이 지나고 나서야 내게
입을 여셨다.

"허허, 기다리게 해서 미안하구만."

"아닙니다."

"내 언젠가 자네가 올 줄은 예상하고 있었네만. 이런 식으로
보게 될 줄이야."

처음 사주를 보는 것처럼 속인 날 원망스러운 눈빛으로 바라
보시는 스님께 사죄를 드려야 했다.

"죄송합니다. 그저 좀 더 확실히 하고 싶은 마음에 실례를 범
한 것 같습니다."

"아니야, 아니야. 당연히 그랬겠지."

"그런데 스님. 아까 하신 말씀은 무슨 뜻이신지요. 스님께선
알고 계신 게 아니셨습니까?"

내 말에 스님께선 천천히 고개를 저으셨다.

"아닐세. 나도 이제야 알게 되었네. 내가 자네에게 부적을 줬
던 게로구만."

"예, 스님."

"그래, 자네를 만나고 나니 이제야 모든 게 명확해지는구만.
왜… 허허, 이거 너무 내 생각만 했나 보오. 자네도 내게 묻고
싶은 게 있을 텐데."

스님께서 뭔가 감추는 것 같은 느낌을 받았지만, 지금은 저분

의 말씀대로 알아야 할 더 중요한 문제가 있었다.

"예, 그게……."

의문을 풀 수 있는 기회건만, 막상 물으려니 쉽사리 입이 떨어지지 않았다.

"왜 그러시는가?"

그래, 이런 기회는 다시 오지 않을지 모른다. 고민은 답을 듣고 나서 해도 늦지 않아.

"아닙니다. 실은 스님께서 저를 과거로 돌려보내 주셨지 않습니까?"

"그랬네. 나도 모르는 새에 그러고 말았지."

"그럼, 저를 다시 미래로……."

스님께선 내 말이 끝나기도 전에 손을 저으셨다.

"다시 돌아가고 싶은 게로구만. 이거 내가 자네에게 못할 짓을 한 모양이야. 이래서 운명이란 정해진 대로 흘러야 하는 것을……. 진명아… 대체 무슨 짓을 한 게냐."

눈을 감으며 침울해하는 스님의 모습에 무슨 말씀을 하실지 예감했다.

그러자 간사하게도 아쉬움과 함께 안도감이 몰려왔다.

지금 무슨 생각을…….

"불가능한 겁니까?"

사정을 모르시는 스님께선 그저 떨리는 내 목소리에 더욱 안타까워하며 천천히 고개를 끄덕이셨다.

"과거로도 미래로도 자넨 다신 갈 수 없네. 그것이 천기를 역행한 자의 운명일세."

"예!? 제 의지로 온 게 아니지 않습니까?"

"그렇기에 자네가 올 수 있었던 거네."

내 의지가 아니라 올 수 있었다고?

"허허허, 이 사람아. 시간을 마음대로 거스를 수 있는 힘이 자네에게 있다면, 어찌하겠는가?"

뭘 어떻게 당연히……

내 생각을 읽기라도 한 듯 스님께선 그럴 줄 알았단 눈빛으로 나를 보시며 말씀하셨다.

"나라고 다르겠는가?"

"그 말씀은……."

"천기를 알아버린 자에겐 천문은 열리지 않네."

"하지만! 제가 천기를 아는 건 아니지 않습니까?"

"허허허, 만약 자네가 이곳에 오지 않았다면 자넨 죽을 운명이었네. 그날이 며칠인가?"

"그렇군요. 전 이미 알아버린 거군요."

잠깐, 스님의 말씀대로라면…….

"스님. 그럼 전… 그날 어찌 된단 말씀입니까?"

내 말에 쓸쓸히 웃으시던 스님께서 천천히 입을 여셨다.

"안심해도 되네. 진명이란 얼간이가 이곳으로 자네가 오기 전, 태어난 시간을 뒤틀어버린 덕분에 그럴 일은 없을 걸세. 하나 조심하게. 자네의 운명은 인연에 의해 요동칠 터이니…….

"예, 충고 명심하겠습니다. 스님, 그런데 아까도 말씀하신 진명이란 분은 설마……."

미소로 내게 답을 주신 스님께서 갑자기 품에서 무언가를 건네셨다.

음? 뭐지?

"이건 부적이 아닙니까? 갑자기 제게 왜 이걸?"

"내 자네에게 해줄 말은 모두 해준 것 같네. 가시는 길에 이거 나 직접 태워 버리시게."

"스님, 이것이 무엇인데 제가 태워야 하는 겁니까?"

"천기를 바로 잡는 부적이네만, 쓸 수 없게 되어버렸지 뭔가. 하나 언제 바뀔지 모르는 게 사람 마음이니, 자네가 없애 주게 나."

본래의 운명으론 돌릴 수 있었던 건가?

이걸 지니고 계셨다는 것은 스님께선 처음부터 나를…….

"…아까 제 사주에서 대체 무엇을 보셨기에 마음을 바꾸신 겁니까?"

사색이 될 정도로 놀라시던 그 일이 아니라면, 달리 이러실 이유가 없어 보였다.

"허허, 곧 알게 될 걸세. 지금은 그저 인연이라 생각하고 물러가시게."

무슨 일인지 묻고 싶었지만 말씀을 마치고 불상 쪽으로 몸을 돌리시는 스님의 모습에 할 수 없이 방을 나와야 했다.

"그럼, 목숨을 구해주신 은혜 잊지 않겠습니다."

과거로 돌아온 이유를 알게 된 법문사를 나와, 집으로 돌아오는 기차에서 스님께서 주신 부적만을 하염없이 바라봤다.

내 사주를 보고 자신을 얼간이라고 하신 분께서 대체 왜 마음을 바꾸신 걸까.

됐다. 후, 허튼소릴 하실 분도 아니시니 알게 되겠지⋯⋯.

지금은 미래로 갈 수 없단 사실을 알게 된 걸로 족했다.

아니, 스님의 말씀에 안도하던 내가 얼마나 속물인지 알게 된 걸지도.

화르륵.

만약 돌아갈 수 있었다면 난 돌아갔을까.

방법이 없는 지금은 결국 알 수 없게 되었다.

그저 이렇게 내 손을 떠나 이젠 재로 변해 하늘로 날아가는 부적처럼 내 마음에 남아 있는 미래에 대한 미련을 놓아줄 수밖에.

7장

대학 입학

"승민아. 야, 최승민. 불렀으면 대답 좀 해."

안 그래도 낯을 가리는 녀석은 첫 만남에서 '박시열? 맞지? 하도 말을 더듬어서 뭐라는지 모르겠네'라고 독설을 날린 세나가 부담되었는지 그녀의 눈치를 보며 괜히 아까부터 내게 말을 걸고 있었다.

"박시열! 제발 그만 좀 불러."

S대에 도착해 입학식을 위해 체육관으로 찾아가는 내내, 이러는 통에 이젠 녀석 때문에 귀에 딱지가 앉을 지경이었다.

현성이도 아니고 박시열, 이 웬수 같은 놈과 같은 대학을 다니게 될 줄은 꿈에도 몰랐다.

그러나 어쩌겠는가. 이것이 현실인 것을…….

윤촌리 박시열이가 S대 농업과에 합격하셨단다.

대체 한현성 이 새끼는 내가 못 본 사이, 시열이 놈한테 뭔 짓을 한 거야…….

아직도 K대에 합격했다고, 같이 못 다녀서 아쉽다던 녀석의 얼굴에 피어 있던 가증스러운 미소를 잊을 수 없다.

어쨌든 이 지옥 같은 일을 알게 한 합동결혼식도 아닌 합동. S대 합격 잔치 사건은 졸업식을 마치고 내려온 다음 날 일어났었다.

내 합격 소식에 동네잔치를 벌이신 부모님을 따라, 윤촌리 마을회관에 도착했을 때, 눈앞에 보인 '축! S대 합격. 윤촌리의 자랑. 최승민, 박시열'이란 말도 안 되는 현수막에 한참을 멍하니 서 있어야 했다.

누구? 박.시.열……? 설마 내가 꿈을 꾸고 있는 건가?

볼을 꼬집어 봤지만, 이미 동네 분들께서 따라주신 막걸리를 얼마나 마신 건지 해롱대며, 내게 달려든 녀석은 박시열이 분명했다.

그리고 '승민아~ 나도 S대 합격했다~ 인서울!'이라며 꼬부라진 혀로 말하는 놈의 모습에, 이미 머릿속엔 암울할 대학 생활이 한 폭의 그림처럼 펼쳐져 있었다.

역시나 아직 입학도 안 했건만 벌써 머리가 지끈거리는 걸 보면 내 예상은 한 치도 틀리지 않았다.

그나마 다행인 건 든든한 아군이 옆에 계신다는 걸까.

"야, 박시열. 세나랑도 이야기 좀 해라. 남자 새끼가 고거 한마디 들었다고 풀죽어 있기는."

"내가! 어, 언제! 그냥 아직 어색해서 그런 거지……."

세나랑 눈도 못 마주치면서 말은……

그리고 그런 시열에겐 관심조차 두지 않은 세나를 보니 둘이 친해지긴 글러 보였다.

"에휴, 가기나 하자."

녀석들이 만들어낸 불편한 공기로 인해 체육관으로 향하는 발걸음만 빨라진다.

"와… 깔려 죽겠네."

두 분 덕에 서둘러 도착한 체육관엔 아직 입학식이 시작되려면 30분은 남았건만, 이미 사람들로 북적이고 있었다.

"그러게 사람 좀 봐."

"우리 학교 전교생이 모인 것보다 많은 것 같은데……."

놀란 것도 잠시, 입구에서 안내해 주신 입학식 관계자의 설명대로 차분히 자신의 학과 표지판을 찾는 세나와 달리 시열이 녀석은 멍한 얼굴로 정동고와 비교를 한다.

"야, 박시열."

"응?"

"너도 니네 과 어디 있는지 찾아봐."

"알았어. 농업과… 농업과."

자식, 훌쩍 큰 키처럼 어서 철도 좀 들어라. 180을 훌쩍 넘긴 녀석이 아직도 왜 이리 애 같은지.

그나저나 법학과는 어디 있는 거야? 경영학과, 영문학과, 영문학과?

"세나, 너 영문학과지? 절로 가면 되겠네."

"응, 그러네. 그럼 이따 봐."

영문학과 표지판을 가리키자, 그것을 본 세나가 손을 흔들며 자리를 떠났다.

"그래, 졸지 말고."

"세나야… 잘해!"

내 말에 피식 웃던 세나가 뒤이어 들려온 시열의 의미 불명한 말에 한숨을 내쉰다.

"내가 또 뭐 잘못했나?"

"아냐. 잘했어."

"그래?"

나름대로 용기를 내서 말했을 시열이 녀석이 시무룩해하는 모습에 웃음을 참고 녀석을 달래자, 시열은 근데 왜 세나가 한숨을 쉬었냐는 눈빛으로 나를 봤다.

"어… 시열아 법학과 저기 있다. 나도 가볼 테니까, 너도 얼른 찾아서 가."

"야! 최승민!"

그런 시열의 외침을 뒤로한 채 자리로 향한 지 얼마나 지났을까.

슬슬 기다리는 것이 지루해 질 때 즈음, 사회자가 입학식이 시작되었음을 알려왔다.

"지금부터 2002학년도 신입생 입학식을 거행하겠습니다."

입학식을 진행하는 사회자의 말을 들으며 조용해진 장내를 둘러보자, 체육관 2층엔 자식들의 입학식을 보러 오신 부모님들께서 감회에 찬 눈으로 자신의 아이가 있는 곳을 보고 계셨다.

나도 과거로 돌아오지 않았다면, 어딘가에서 저렇게 훌쩍 큰 아이들을 보고 있었겠지.

형식적인 입학식 때문인지 이런저런 생각을 하고 있을 때 단상에선 신입생 선서가 이어졌다.

"서양사학과 서민후 군 앞으로 나와주십시오."

서양사학과? 뭐지? 신입생 대표라면 보통 가장 성적이 뛰어난 학생이 아닌가? 내가 잘못 들었나?

하지만 신입생 선서가 끝나고 바로 이어진 표창장 수여식에서 자연계 전체 수석을 부른 뒤, 인문계 전체 수석을 호명하는 사회자의 말은 그것이 착각이 아니었음을 알려주었다.

"입학 전형 인문 계열 전체 수석 S대학 서양사학과 서민후 군."

그리고 예상치 못한 학과에서 인문 계열 전체 수석이 나오자 장내는 술렁이고 있었고 그런 그들처럼 나 역시 놀라기는 마찬가지였다.

"미친 거 아냐? 전체 수석인데 왜 저런 과를 가?"

"씨발, 그 점수 나나 주지."

분명 앞자리에서 들려오는 말이었기에, 상을 받고 내려오는 서민후란 아이도 들었을 텐데도, 그는 태연하게 자리로 돌아가고 있었다.

배포가 대단한 건지, 내심 긴장을 하면서도 티를 안 내는 건지 모르겠지만 아무튼 특이한 녀석인 것은 틀림없었다.

"아까, 서민후라는 애. 봤던 거 같아."

입학식이 끝나고 밖으로 나오자 세나가 입학식장을 충격으로 몰아넣었던 서민후의 대한 이야기를 꺼냈다.

"봤다고? 어디서?"

"TV에서 인터뷰하는 거. 내 기억이 맞으면 걔가 이번 연도 수능 1등이야."

"근데, 그게 왜?"

그게 무슨 문제가 있냐는 시열의 말에 세나가 '뭐 이딴 녀석이 다 있지?'란 눈빛으로 한참을 보고 난 후에야 입을 열었다.

"니가 만약에 수능 만점을 받았어."

"응. 그런데?"

"그래도 농업과 들어갈 거야?"

이해하기 쉽게 차분히 설명을 해준 세나의 질문에 시열이다운 대답이 나왔다.

"어… 그러면 안 돼?"

"하, 그래. 니 말대로 무슨 문제가 있겠니."

우리와 달리 순수한 녀석의 말에 내가 박장대소를 하자, 못마땅한지 세나가 눈을 흘긴다. 그리고 그런 그녀의 모습에 시열은 뭔가 이상하단 생각이 들었는지 벌게진 얼굴로 따져 왔다.

"야, 최승민! 왜 웃어!"

"기특해서, 자식아!"

내 말에 웃기지 말라며 발끈한 시열과 한참을 투닥이고 있자, 세나가 한숨을 내쉰다.

"하아~ 적당히 하고 기숙사로 가지?"

창피해하는 그녀의 모습에 주변을 둘러보니, 어느새 체육관을 나서는 사람들이 모두 이쪽을 보고 있었다.

"그럴까?"

민망한 마음에 시열의 목을 두르고 있던 팔을 풀며 말했다.

"그럼 난 가볼 테니까, 잘 들어가."

"바래다줄게. 같이 가자."

기숙사에 들어가니 불편하게 오시지 말라고 했던 우리와 달리, 부모님이 바쁘신 탓에 혼자 온 녀석이 안쓰러워 말을 건넸지만 역시나 고개를 젓는다.

"그래, 그럼 조심히 들어가라."

"잘 가~ 세나야."

멀어져 가는 세나의 뒷모습을 보며 시열과 기숙사로 향했다.

"어이, 왔냐."

같은 동 3층에 사는 시열과 헤어지고, 방 세 개에 총 6명이 함께 사는 503호의 문을 열고 들어가자, 같은 방을 쓰는 과 동기 박광현이 말을 건다.

"오냐. 형님 다녀오셨다."

"지랄. 형님은! 근데 가서 뭐 했어?"

귀찮다며 참석 안 한 놈이…….

"그냥, 별거 없었어. 아, 이번 문과 계열 전체 수석 한 놈이 서양사학과던데?"

"뭐!? 그 새끼 미친 거 아냐?"

그래, 이게 정상적인 반응이지.

"뭐 나름대로 생각이 있었겠지."

말을 하며 침대에 눕자 서민후에 대한 이야기를 듣고 싶은지, 책상에 앉아 컴퓨터로 뭔가를 하던 녀석이 쪼르르 달려왔다.

"어떻게 생겼냐? 졸라 공부만 아는 찐따같이 생겼지?"

이럴 거면 아까 가잘 때 같이 가던가…….

"멀리서 봐서 얼굴은 못 봤어. 뭐, 이름은 서민후라고 하더라. 주변에서 자기 얘기를 떠드는데도 아무렇지 않게 자리로 가는 걸보면, 깡다구는 좀 있는 것 같아."

"그리고?"

"몰라, 인마."

내 말에 골똘히 뭔가를 생각하던 녀석이 썩소를 지으며 말했다.

"뭐, 우리 과 아니면 다행인가. 안 그래? 과 수석 씨?"

법학과라곤 하지만, 전국 3등이니 어느 정도 예상은 했지만 내가 과 수석일 줄이야.

"박광현. 내가 그렇게 부르지 말랬지?"

오그라든다고, 이 자식아.

"아~ 미안."

말과 달리 전혀 미안해하는 구석이 없는 녀석을 보니, 처음 녀석을 봤을 때 내게 선배 행세를 하던 모습이 떠오른다.

신입생 주제에 과 선배랑 방을 쓰면서 학기 시작 직전에야 얼굴을 비치냐고 했던가?

아무튼 이 능구렁이 같은 녀석과 반년을 보내야 하다니…….

정말 왜 내 주변엔 이런 인간들만 꼬이는 걸까?

"얌마, 미안하다니까. 인상 좀 펴라. 대신 나한테 차석이라고 불러! 내가 인심 썼다!"

그래서 부끄러운 거야. 니가 차석이라서.

"너 때문에 그런 거 아냐. 피곤해서 그래."

"그러게 뭐 하러 갔어. 오티 땐 오지도 않던 놈이."

"몰라. 좀 쉽시다."

"야, 이번 달 엠티는 갈 거지?"

말을 걸지 말라는 표시로 돌아누웠건만, 씨알도 안 먹힌다.

MT라… 술 마신 거 빼곤 뭐했는지 기억도 안 나네.

사실 그땐, 고등학교 시절 겪은 일로 사람에 대한 불신이 가득했던 시절이니 간 것만 해도 용하다.

"글쎄."

그리고 이젠 OT나 MT를 안 간다고 사람을 못 사귈 성격도 아니라, 그저 귀찮을 뿐이었다.

"야, 오티 때 선배들이 과수석한 놈이 얼굴도 안 비쳤다고 벼르고 있다니까, 웬만하면 가지?"

하… 이젠 선배까지 파는 이 썩을 놈과 한방에서 살려면 다녀오는 게 속 편하긴 할 것 같다.

"어? 어!?"

미친.

"알았어! 간다고. 고막 나가겠다! 안 떨어져!"

"오케이. 좋아! 오티 땐 지루했는데 엠티는 좀 재미있어지겠구만."

들은 대로라면, OT 때 시키지도 않은 미친 짓은 혼자 다하신 분이 지루하셨다고?

옆에서 족제비같이 눈을 가늘게 뜨고 웃는 녀석을 보니… 이녀석을 만날 03년도 후배들이 불쌍해진다.

"승민아, 기숙사로 갈 거면 같이 가자."

마지막 강의인 법학개론을 듣고 강의실을 나서는 내게, 광현
이 녀석이 어깨동무를 해왔다.

"너 혼자 가라. 오늘 약속 있어."

"무슨 약속? 혹시 미팅?"

미팅은 니가 삼 일 전에 하자던 거고.

"고등학교 친구들이랑 만나기로 했어."

"흠, 금요일이라 술이나 한잔하려고 했더니, 날이 아닌가 보네
잘 놀다와~"

밉상이라 그렇지, 그리 잘해준 것도 없는 날 룸메이트란 이유
로 챙겨주던 녀석이 아쉬워하는 걸 보니 왠지 미안해진다.

"그래, 다음에 니 말대로 술이나 한잔하자."

"약속 잊지 마!"

"엠티에서."

"후……."

"농담이야, 자식아. 주말 잘 보내고, 다음 주에 보자."

"뭐? 야 최승민!"

내 말에 황당해하는 녀석에게 손을 흔들며 계단을 내려가는
사이, 본 벽면에 붙어 있는 동아리 홍보 포스터들이 어느새 너
덜너덜하다.

하긴 이 주나 흘렀으니. 그래도 다행인 건 전공과목보단 국어
나 영어 같은 고등학교 때 배웠던 것들을 배우는 탓에 어렵지

않게 적응을 했다는 정도일까.

어쨌든 나처럼 다들 학교에 적응하느라 바빴던 터라 이제야
녀석들을 서로 소개시켜 주게 됐다.

학교 후문에서 만나기로 하긴 했는데… 시열이 녀석이 까먹고
있을지도 모르니 전화나 해볼까.

띠리리— 띠리리—

—여보세요.

응? 전화를 받은 시열의 목소리가 웬일로 기어들어 간다.

"여보세요. 시열아, 혹시 수업 아직 안 끝났어?"

—아니, 수업 끝났어. 근데 나 지금 세나랑 학교 후문에 있
어……"

녀석의 말만 들어도 뻔했다. 분명 세나의 눈치를 보며 쩔쩔매
고 있겠지.

"에휴, 뭐가 그리 어렵냐. 그냥 나랑 말할 때처럼 하면 된다니
까."

—니 말대로 해봤는데 너랑 달라…….

"후, 등신아. 기다려 금방 갈게."

서둘러 시열을 위해 건물을 나서 학교 후문에 도착하자 아니
나 다를까, 아무런 표정 변화 없는 세나와 달리, 사색이 된 시열
이 나를 보더니 그제야 살았단 얼굴로 손짓을 한다.

"승민아! 여기야!"

"후, 달려왔더니 힘들어 죽겠다. 둘 다 일찍 끝났나 보네?"

숨을 돌리며 둘에게 묻자, 세나도 자신을 어려워하는 시열과

있는 게 내심 불편했는지 뚱한 얼굴로 내게 말했다.

"니네 과가 늦게 끝내줬단 생각은 안 해?"

"야, 윤세나. 얼굴 좀 펴라. 교수님이 수업하지 내가 수업 하냐? 그래도 니들 생각해서 힘들게 달려왔더니……."

"그렇긴 하네. 그럼 가자."

배려라곤 눈곱만큼도 없어요. 지금 막 달려왔구만.

"그래, 갑시다. 근데 예슬이는 온대?"

그녀의 말대로 약속 장소인 대학 근처의 호프집으로 가면서 며칠 전, 고민을 하던 예슬에 대해 묻자 세나가 고개를 끄덕였다.

"응. 근데 웬일로 예슬이가 노는 일인데 한참을 고민하는 거 있지."

세나는 그저 평소와 다른 예슬에게 웃음을 터뜨리는 것인데도 찔리는 게 있어서인지, 괜히 그녀의 눈치를 보게 된다.

"그래?"

"어. 안 그래도 며칠 전에 전화하니까 혼자서 재수한다고 툴툴대던데, 오면 잘 대해줘."

"그래, 그래야지."

후, 녀석을 보면 어떻게 대해야 할지…….

"승민아… 예슬이는 착해?"

예슬에 대해 고민을 하던 내게 뒤에서 걸어오던 시열이 세나가 들을까 조용히 속삭였지만, 그녀의 레이더망에 걸린 모양이다.

"응. 나랑 다르게 착해."

"그게 세나야! 그런 뜻이 아니라 그냥 물어 본거야……."

"흥, 알았으니까. 앞이나 봐. 그러다 자빠져."

"어… 미안……."

"그런 뜻 아니라면서 뭐가?"

일단 딱 걸렸단 세나의 말에 눈이 동그래진 채, 어찌할 바를 모르는 시열을 구해줘야겠다.

"그만들 해라. 진짜 이 주나 지났는데도 변함이 없냐, 니들은."

그래, 마음이 정해지면 그때 예슬에게 말을 하자.

지금은 생각할 것이 너무 많다. 미래의 아내도… 친구인 우리 사이도.

그렇게 녀석들을 달래며 B호프집에 도착하자, 서로 눈을 피한 채 다른 곳을 보고 있던 현성과 지훈이 동시에 손을 올리곤 놀란 듯 서로를 쳐다본다.

"등신들아. 서로 물어보기라도 하지 여태까지 그러고 있던 거야?"

호프집 구석 빈자리에 앉으며 현성과 지훈에게 묻자 현성이 화를 냈다.

"자식아, 지훈이 연락처라도 알려줬으면 내가 이랬겠냐? 쟤도 K대라며… 어쩐지 계속 마주치더라니 너 때문에 지하철에서부터 이러고 왔어!"

"어? 내가 말 안 해줬냐? 그리고 그 정도면 말을 안 해줬어도 나였으면 진작 물어봤다."

"최승민. 지금 그걸 말이라고 해? 쟤 이름이 현성인 거 여기 와서 알았어, 새끼야. 처음 보는 사람한테 혹시 최승민 아세요?

이러기라도 할까!"

"미안, 미안. 알았으니까 일단 앉아서 이야기하자. 다들 싸우는 줄 알잖아."

내 말에 주위를 둘러본 녀석들이 화를 참으며 자리에 앉았다.

"자, 기분 좋자고 모인 거니까 화들 풀어. 오늘 술값은 내가 낼게."

"그래, 이렇게 된 거 뭐 어쩌겠냐. 이따가 돈 없다고 징징대지나 마라."

이를 갈며 말을 하는 지훈을 보니, 괜히 술값을 낸다고 한 건 아닌지 모르겠다.

"그런 건 걱정 마시고. 어디 보자, 예슬이만 오면 되나? 뭐 곧 올 테니 일단 뭐 좀 시키자. 다들 뭐 먹을래?"

"글쎄… 뭐 먹지?"

메뉴판을 보며 아직 서먹한 녀석들이 서로 눈치만 보고 있자, 가만히 그 모습을 보던 세나가 해결책을 내놨다.

"최승민, 니가 산다며. 니가 골라."

"그럴까? 그럼 일단 치킨이랑 맥주나 먹자. 다들 괜찮지?"

다들 별말이 없었기에 벨을 누르고 안주를 시키자, 갑자기 현성이 세나를 보며 말했다.

"세나 맞지? 승민이가 말한 그대로네. 아… 미안."

말을 하고 나서 자신의 실수를 깨달은 현성이 사과를 했지만, 세나에게 중요한 건 그게 아닌 것 같다.

"아니야. 그럴 수도 있지 뭐. 근데 얘가 뭐라고 했는데?"

현성에게 물으며 슬쩍 이쪽을 본 그녀의 눈빛에 심장이 덜컥 내려앉는다.

"어!? 아, 똑 부러지고 착하다고."

"그래?"

현성은 내 기대를 저버리지 않았지만, 세나는 그를 믿지 않는 눈치였다.

"박시열."

"어?"

그녀의 부름에 기본 안주인 뻥튀기를 집던 녀석의 눈빛이 흔들린다.

"현성이가 한 말 맞아?"

제발, 시열아… 아니, 시열이 형님! 고개만 끄덕여 주십시오!!!

"그게… 처음에 만나면……."

"웅, 만나면?"

어서 말을 계속하라는 듯 세나가 묻자, 결심을 한 듯, 시열은 간절하게 녀석을 바라보던 내 눈을 외면했다.

"밥맛… 없다고 생각할 수도 있는데, 알고 보면 착한 애라고……."

"으웅, 그랬어?"

시열의 말에 그녀는 내게 서늘한 미소를 지으며 벨을 눌렀다.

띵동!

"예, 또 뭐 필요하신 거 있으세요?"

아무것도 모른 채 밝게 웃는 여종업원을 보며 그녀가 대답했다.

"예. 여기 과일 안주랑 으음, 이거 추가해 주세요."

그녀의 손이 가리키는 곳을 보니 이 집에서 가장 비싼 메뉴인 것 같았다.

"예, 과일 안주랑 A세트 추가요. 감사합니다."

"예. 수고하세요."

주문을 받은 여종업원이 떠나는 모습을 보며, 그녀가 썩소를 짓는 내게 물었다.

"왜? 불만 있어? 더 시킬까?"

내가 무슨 말을 하겠냐.

"아니. 먹고 더 시켜."

그렇게 세나의 분노로 늘어난 안주와 술이 도착했고, 우린 가볍게 건배를 했다.

그리고 슬슬 술이 들어가서 그런지, 녀석들끼리 대화를 주고받기 시작한다.

"그러면 승민이랑 어릴 때부터 친했던 거야?"

현성과 대화를 나누던 지훈이 궁금한 듯 물었다.

"아니. 시열이만 난 고등학교 때 친해졌고."

"의외네. 승민이가 1학년 마치고 바로 전학 와서, 둘 다 저놈 안 지 꽤 오래된 줄 알았는데?"

"저 자식이 다른 건 몰라도 붙임성이 좋잖냐. 니들도 알 거 아냐. 저놈 전학 오자마자 넉살좋게 친한 척하지 않았어?"

"아니. 그럴 새가 없었어."

현성의 말에 답한 세나가 고개를 저으며 내 쪽을 봤기에, 쓴 웃음을 지을 수밖에 없었다.

"음? 무슨 말이야? 그럴 새가 없다니?"

지훈이 그런 현성의 질문에 한숨을 내쉬었다.

"후, 사실은 우리 반에 강민기라고 싸움 좀 한다고 애들 괴롭히고 다니던 놈이 있었는데, 승민이 저놈 전학 오자마자 그놈이 시비를 걸었거든."

"그래서?"

현성의 눈빛을 보니 강민기가 이 자리에 있었다면, 정말 녀석의 송장을 치렀을지도 모르겠다.

"뭘 그래서야. 너도 저놈 성격 알 거 아냐. 싸우는 거 보니까 한두 번 해본 놈이 아니던데. 강민기 자식 죽는 줄 알았다. 그 새끼 친구들도 강민기 맞는 거 보고 쫄아서 벌벌 떨더만."

지훈의 말에 잠시 뭔가를 생각하던 녀석이 어떻게 싸웠냐고 묻자, 지훈은 내가 강민기의 멱살을 잡고 벽으로 밀쳤다고 말했고, 그걸 들은 현성의 입가에 미소가 번졌다.

"그랬냐? 나랑 시열인 저놈 싸우는 거 본 적 없어서 몰라."

"하긴, 나도 지내고 보니까 알 것 같긴 하다. 그 후로 한 번도 안 싸웠으니까."

지훈의 말이 끝나자, 옆에서 듣고 있던 시열이 화난 얼굴로 한마디 했다.

"강민기라고? 나쁜 놈이네! 승민이한테 시비를 걸어? 우리 학교였으면 현성이한테 죽었다. 진짜!"

그런 시열의 말에 지훈이 현성을 보며 의외라는 듯 물었다.

"싸움 잘할 것처럼 보이진 않는데?"

"아냐, 지훈아. 현성이 싸움 잘해. 우리 학교 짱이었어."

"그래?"

"응. 수학여행 때도 다른 학교 애들이랑 1:4로 싸우다가 코피 터졌어."

지 딴엔 현성이 자랑을 하려고 했던 것 같은데. 굳어진 현성의 표정을 보니…….

"시열아… 그게 무슨 말이야. 싸움을 잘한다로 시작해서 왜 코피가 터진 걸로 끝나?"

지훈이 황당한 얼굴로 시열을 보자 보다 못한 세나가 옆에서 거들어준다.

"아마, 현성이가 1:4로 싸워서 이겼는데 그 와중에 코피가 났다는 말일걸."

"응, 근데 세나야. 어떻게 알았어?"

"그냥 널 보니까 그럴 것 같았어."

그녀의 말에 웃던 녀석이 다시 자신의 자랑을 하려고 하자, 결국 현성이 시열을 말리며 지훈에게 묻고 싶은 질문을 했다.

"싸움이 났으니 분위기는 대충 알 것 같고… 그럼 승민이랑 어떻게 친해진 거야?"

"아, 그게……. 아직 안 온 애 있다고 했잖아."

"예슬이 맞지?"

"어."

"걔가 승민이 짝이었거든……."

지훈의 말에 문득 예슬이 수줍게 사과를 건네던 기억이 난다.

그땐, 이렇게 친해질 거라곤 생각도 못했는데…….

그렇게 지훈이 한참 나와 친해진 이야기를 하는 것을 듣고 있을 때, 호프집 문을 열고 들어오는 예슬의 모습이 보였다.

두리번거리는 예슬에게 손을 들어 보이자 나를 본 그녀가 이쪽으로 다가오며 말했다.

"이씨! 니들끼리 먼저 먹고 있었어? 최승민! 니가 먹자고 꼬드겼지!"

평소라면 분명 한소리 했겠지만, 지금은 졸업 여행을 다녀오기 전처럼 내게 먼저 말을 거는 예슬이 그저 고마울 따름이었다.

"아휴, 또 시키면 되지. 일단 앉아. 얘네들이 내 고향 친구."

현성과 시열을 가리키자 예슬이 방긋 웃으며 둘에게 말을 건넨다.

"요~ 안녕. 김예슬이야. 승민이 친구면 뭐, 내 친구지! 앞으로 잘 부탁해."

"어, 난 시열이. 잘 부탁해."

"그래, 잘 부탁한다. 한현성이야."

그렇게 둘과 인사를 나눈 그녀는 세나의 옆에 앉아 자신의 포크인 양, 세나의 포크로 치킨 조각을 집곤 초롱초롱한 눈빛으로 우리에게 물었다.

"근데 무슨 얘기 하고 있었어?"

이야기의 당사자가 물어오니, 선뜻 말을 꺼내는 사람이 없었고, 잠시 테이블엔 침묵이 흘렀다.

"응? 왜 다들 말을 안 해?"

그런 그녀를 모두 어색하게 웃으며 쳐다보자, 그 모습에 예슬이 뾰로통한 얼굴로 우리를 둘러본다.

"뭐야! 니네 설마 내 욕했어?"

"또 오버한다. 그랬겠냐? 니가 갑자기 물어보니까 그런 거지.

그냥, 이런저런 얘기했어. 우리가 어떻게 친해졌는지."

"그래?"

내말에 뭔가 곰곰이 생각을 하던 예슬이 머리를 긁적인다.

"어라? 근데 우리가 어떻게 친해졌더라……."

"뭐!?"

그녀의 말에 한참 예슬의 얘기를 하고 있던 우린 허탈감에 웃음을 터뜨리고 말았다.

"왜! 말해줘~!"

모두 말없이 그녀를 보며 웃고만 있자, 결국 참지 못한 예슬이 세나에게 알려달라며 떼를 썼지만 세나는 잘 생각해 보라는 듯 예슬의 머리를 검지로 톡 치며 말했다.

"알아서 떠올려 보세요."

"진짜! 세나 너까지 그럴 거야?"

하지만 세나에게 투덜거리던 것과 달리, 잠시 후 종업원이 가져온 맥주를 홀짝이는 예슬의 입가엔 미소가 보였다.

기억이 난걸까? 아니면, 처음부터 알고 있었으면서 모른 척했던 걸까?

"최승민. 짠!"

이렇게 아무런 일도 없었던 것처럼 내게 잔을 부딪치는 예슬의 모습을 보니, 여태까지 그녀를 잘 안다고 생각했던 것은, 그저 내 착각이었을지도 모르겠다.

"어. 올해엔 꼭 교대 합격해라. 김예슬."

"걱정 마셔! 꼭 붙을 거니까."

　　　　*　　　　　　　*　　　　　　　*

　쓰린 속과 깨질 것 같은 두통에 눈을 뜨자, 과거로 돌아와 술을 제대로 마신 건 처음이라 그런지, 역시나 숙취가 장난이 아니다.

　"아 머리야… 으… 죽겠네."

　몰려오는 갈증에 물을 마시기 위해 기숙사 거실로 향하는 사이, 어제 알딸딸하게 취한 채 호프집을 나서 어깨동무를 하고 고성방가를 하던 두 놈과 풀린 눈으로 시열이에게 니가 S대에 어떻게 합격했냐며, 술주정을 부리던 세나를 말리다 자빠지던 예슬의 모습이 주마등처럼 스쳐 지나갔다.

　"다들 괜찮으려나."

　후, 아직 주량도 모르는 놈들이 배부르다며, 소주를 마시자고 했을 때 말렸어야 했나?

　그렇게 녀석들 걱정을 하다, 옷을 빨기 위해 뒤진 주머니에서 나온 구겨진 영수증을 보니 한숨만 나온다.

　이틀 전에 19만 원짜리 주식을 팔았는데, 꼴랑 1,800원 남은 놈이 누굴 걱정 하나…….

　"내려가서 시열이 놈한테 밥이나 사라고 해야지 원……."

　　　　*　　　　　　　*　　　　　　　*

　역시 해장엔 순대국이지. 이제야 좀, 정신이 드네.

　"시열아, 깍두기 국물 좀 넣어서 먹어."

"응. 아… 머리 아파. 근데, 너 나오기 전에 누가 예슬이한테 뭐라고 하던 거 같은데, 기억이 하나도 안 나네……."

얼떨결에 끌려나와 밥을 사게 된 시열이 머리를 부여잡은 채, 갑자기 자다가 봉창 두드리는 소리를 한다.

"뭔 소리야? 너한테 세나가 S대 어떻게 들어간 거냐고 술주정해서 예슬이가 말리다가 자빠졌잖아."

"아, 그랬나? 세나가 나한테 뭐라고 한 걸 착각했나. 아닌데……? 누구지?"

아직도 계속 고개를 갸웃거리는 걸 보니 숙취가 심하긴 한가 보다.

"뭐가? 누구야?"

"그게… 모르겠네. 승민이 니 말이 맞겠지."

"됐어. 빨리 먹기나 해. 후딱 들어가서 자자."

약간의 해프닝이 있던 친구들과의 첫 술자리를 가진 주말이 지나고, 아침 일찍 강의를 위해 기숙사를 나서는 내 기분은 최악이었다.

박광현, 이 빌어먹을 자식.

MT가기 전에 체력비축 할 거니까, 대리 출석을 해달라고? 내 앞에서 말하면 저번처럼 끌려갈까 봐, 전화로 지 할 말만 하고 끊던 광현이 놈을 생각하니 문득, 하숙집을 떠나는 날 민우 형이 해준 조언이 떠오른다.

'승민아, 법대 가면 그냥 1학기 마치고 휴학해. 그게 정 뭐하면 다니면서 그냥 사법 고시 준비를 하던가. 너 대학 가보면 알겠지만 공부하는 거 쉽지 않아. 주변에 놀 건 널렸지 MT다 뭐다, 하

다 보면 정신 못 차린다? 목표라도 정해둬야 안 흔들려.'

이미 대학 생활을 해본 터라 그런 것에 흔들릴 일은 없었지만, 알아본 바에 의하면 어차피 사법고시를 합격한다고 해도, 사법연수원에 군법무관까지 합치면 5년의 시간을 까먹어야 했기에 민우 형의 말도 일리가 있었다.

거기에 사법 고시 합격이면 대학 전액 장학금이니, 충분히 메리트가 있는 이야기였다.

"문제는 대학 들어가자마자 휴학한다고 하면 부모님께서 걱정하실 게 뻔하니, 1학년은 마치는 게 맞겠지. 뭐, 민우 형 말대로 2학기부터 사법고시를 준비해야겠지만."

벌써 4월이 코앞이고, 5월엔 주식도 팔아야 한다. 거기에 그돈으로 다른 것에도 투자를 하다 보면 1년도 그리 긴 시간은 아니다.

"응? 안녕. 근데, 승민아 왜 혼자 와?"

생각을 정리하며 강의실에 도착하자, 광현의 소개로 알게 된 윤서와 혁수가 나와 항상 같이 오던 녀석이 보이지 않자 궁금한 듯 묻는다.

"안녕. 이자식이 미쳐가지고 대출을 해달라신다."

"해주지마 그냥. 걘 한 번 당해봐야 정신 차려."

"에휴, 맘 같아선 윤서 니 말대로 하고 싶은데, 이놈 하는 꼴 보면 F 확정일 걸……."

후, 왜 내가 윤서에게 연민의 눈길을 받아야 하는지…….

"박광현."

강의가 시작되고, 머리가 반쯤 벗겨진 국어 교수님의 호명에 고개를 푹 숙인 채, 이를 갈며 낮은 목소리로 대답했다.

"예."

대리 출석을 마치고 교실을 둘러보자, 국어 강의는 대리 출석이 쉽단 소문이 퍼진 탓인지, 수업이 시작된 강의실은 학기 초 인원의 3분의 2 정도밖에 되지 않았다.

결국 S대라고 해서 특별히 다르지도 않은 걸 보니, 역시 사람 사는 곳은 거기서 거긴가.

"자, 피동사와 사동사에 대한 설명은 이 정도면 충분할 것 같고 음……."

쉬는 시간도 주지 않은 채 문법에 대한 강의를 하시던 교수님께서 다음 파트를 진행하시려다, 이마에 흐르는 땀을 닦으시며 말씀하셨다.

"벌써 시간이 이렇게 됐나? 아쉽지만 오늘 강의는 여기까지 하기로 하죠."

강의가 끝난 교실을 나서는데, 옆에서 이야기를 나누는 학생들의 입에서 익숙한 이름이 들려왔다.

"야. 어제 별전리그 봤어? 방원석 진짜 쩔었어."

방원석? 아무리 생각해 봐도 다른 것이라면 모를까, 별전이라면 동창인 방원석이 분명했다.

"아니. 술 마시느라 못 봤는데… 왜? 재밌었냐?"

"장난 아니었어. 김정수랑 어제 붙었거든. 처음에 지는 가 싶더니, 결국엔 역전하는데 쩔더라."

"걔 데뷔한지 얼마 안 됐잖아. 근데 김정수를 이겼어?"

"그렇다니까. 저번 주에 강호경 잡을 때만 해도, 다들 그냥 뽀록인 줄 알았는데 김정수까지 이길 줄이야~"

"아씨. 어떻게 이겼는데 자세히 좀 말해봐."

"그러니까 김정수가……."

허… 원석이 정말로 프로게이머로 데뷔를 할 줄이야.

우연히 알게 된 친구의 소식에 내 발걸음은 어느새 도서관으로 향하고 있었다.

"4전 4승. 역시 프로게이머가 돼도 잘할 거란 생각은 했었는데… 이제 시작이긴 하지만 전승인가."

과거로 돌아온 나로 인해 친구의 직업이 변했다. 원석의 활약이 담긴 기사와 데뷔한지 이제 한 달도 채 되지 않은 그가, 유명 커뮤니티 사이트에서 이름이 오르내리는 걸 보니 뭔가 어안이 벙벙하다.

이러다 정말 대스타가 되는 건 아닌지 모르겠네. 흐뭇한 얼굴로 이미 몇 번을 봤을 그의 하이라이트 영상을 다시 틀었다.

지잉―

에이, 김정수의 전략을 맞받아치려는 이 중요한 순간에 누구야?

갑자기 진동하는 핸드폰을 확인해 보니 '대출했어?'란 광현의 문자였다.

[어, 했지. 근데 너 어디냐?]

문자를 보내자 겁도 없이 SB 당구장이란 문자가 도착했다.

[기다려. 같이 밥이나 먹자.]

아무것도 모른 채 밥을 산다는 녀석에게 지옥을 보여주기 위
해 도서관을 나섰다.

8장

MT

우연히 원석의 소식을 접한 지도 일주일이 넘게 흘렀다. 그리고 그사이 치른 경기들 역시 원석의 승리였다.

이젠 게임 방송 캐스터들마저 극찬을 하는 그를 보면, 어쩌면 사람들은 각자의 재능을 발견하지 못한 채 그저 평범한 삶을 선택하고 마는 것인지도 모르겠다는 생각이 든다.

"뭐 하냐, 짐 안 싸고?"

특히나 이 녀석은 뭐 말할 것도 없겠지…….

잠시 별전리그를 확인하고 있자 광현이 녀석이 황당한 얼굴로 물어왔다.

"이제 싸야지."

"흐흥~ 한탄강이라~"

콧노랠 흥얼거리는 광현은 MT를 갈 생각에 이미 들뜬 모습이었지만, 난 전혀 달랐다.

물론 MT 자체도 마음에 안 들었지만 한탄강만은 절대 가고 싶지 않았다.

경기도 연천군 전곡리에 위치한 한탄강.

벌써 20여 년이 흘렀지만, 내가 군 생활을 했던 곳을 잊을 리 없다.

OT 땐 근처의 섬으로 갔다더니, 왜 MT는 여기로 가는지······.

"야, 봐봐. 벌써 다 와 있잖아."

강의를 그렇게 열심히 들어봐라. 자식아.

"아직 버스도 도착 안 했구만. 뭘 봐 보긴."

광현의 성화에 서둘러 도착한 MT 집합 장소에 징그러울 정도로 쌓여 있는 녹색 박스를 본 주변에 있던 1학년들의 표정이 굳어 있었다.

하지만, 오티 때 비슷한 이름의 음료를 마시고 거품을 내뿜으신 덕에, 개또라이란 별명이 붙여진 광현 님께선 싱글벙글이시다.

그런 녀석이 점차 부담이 되어 갈 때 즈음, 선배 한 명이 신입생들을 체크하며 이름표를 나눠주었다.

"잠깐만, 어라. 최승민? 너 혹시 과 수석 아니냐?"

"예. 그렇다고 들었습니다."

"그래? OT 때 못 봐서 궁금했는데 너였구나. 일단 1호차에 타."

뭔가 불만이 섞인 선배의 말을 들으니, 벼르고 있다던 광현의 말이 거짓은 아닌 것 같다.

"감사합니다."

그래도 선배니 조금 예의 있게 보이는 게 낫겠지.

이름표를 건네주는 선배에게 고개를 숙이고 버스에 올라타 비어 있는 창가 자리에 앉아 있자, 잠시 후 이름표를 목에 건 광현이 다가왔다.

"승민아, 선배님들 말 들어보니까 얼마 안 걸린다는데?"

말 안 해도 안다. 2년을 넘게 썩었는데 그걸 모를까.

"그래? 그럼 다행이네 빨리 도착이나 했으면 좋겠다. 어쨌든 나 한숨 잘 테니까 깨우지 마."

"오케이. 이따가 놀려면 푹 쉬어야지. 눈 좀 붙여둬."

혹시나 군 생활을 했던 자대를 볼까 싶어 눈을 감았지만 막상 감고 나니, 오히려 궁금해진다.

군대란 곳이 징글징글하긴 하지만 사실 어디나 그렇듯 나쁜 기억만 있을 순 없다. 내 자존감을 다시 찾게 해준 곳이 다름 아닌 군대였으니까.

그래. 지금 아니면 언제 보겠냐.

"에이 됐다. 잠은 무슨."

"왜? 그냥 푹 자. 깨워줄게."

"아냐. 오랜만에 여행인데 경치나 볼란다."

그러나 아쉽게도 한탄강 근처의 목적지인 펜션에 도착하는 사이, 지나친 군부대 중에 내가 있던 곳은 없었다.

아쉬움을 뒤로한 채 펜션에 내리자 MT 집행부원들이 아직 어색한 분위기에 서로 눈치를 보며 멀뚱멀뚱 서 있는 학생들에게 외쳤다.

"선후배님들 이쪽으로 모여주세요!"

잠시 후 학생들이 모두 모이자, 그들은 짐 정리부터 하고 방배정을 한다고 말했다.

그렇게 집행부원들의 주도하에 모두 함께 짐을 나르기 시작했지만 뭐, 짐이라고 해봤자 대부분 술과 안주뿐이었다.

"자식, 열심히 하네. 뺀질거릴 줄 알았더니."

한참 짐을 나르고 있을 때, 처음 명찰을 줄 땐 못마땅한 눈으로 처다보던 2학년 과대, 곽명철 선배가 내가 소주 박스를 내려놓는 걸 보며 의외란 듯 말했다.

"선배, 아까 말씀드렸잖아요. 일부러 오티 빠진 게 아니라니까요."

"글쎄, 아직은 모르겠는데? 뭐 어차피 같은 조니 술 마시다 보면 알게 되겠지."

"술은 아직 마셔본 적은 없지만 뭐 선배가 주신다면야."

"뭐야? 아직 술 안 마셔봤어?"

"예."

"그래? 우리 후배님. 오늘 시체방 체험 좀 시켜드려야겠는걸?"

"시체방이요?"

곧 알게 될 거란 듯, 내 어깨를 두드리며 짐을 나르기 위해 버스로 향하는 선배의 의미심장한 미소를 보니, 나에 대한 선입견은 없어진 것 같다.

시체방이라… 뭔지 대충 알 것 같긴 하다. 술 먹고 뻗은 놈들을 재우는 방이겠지.

"우웩, 선배가 주신~ 다면~ 야. 지랄 똥을 싸시네요. 최승민 씨."

옆에서 선배와의 대화를 듣고 있던 광현이 어이가 없단 얼굴로 노려본다.

"뭐? 오티를 일부러 빠진 게 아니시라구요?"

"박광현, 입조심해라."

평소 녀석의 짓궂은 농담을 아무렇지 않게 받아주던 내가 정색을 하자 광현은 놀란 듯 보였다.

"야, 최승민. 장난이야, 인마."

"알아, 자식아. 근데 지금은 아냐."

짐을 들고 이쪽으로 오고 있는 사람들을 슬쩍 보자, 개념은 없어도 눈치는 있는 녀석이 알겠다는 듯 고개를 끄덕였다.

"오케이."

수많은 사람이 엉킨 단체 생활을 하다 보면 결국 가장 중요한 건 첫인상이다.

신명고에서 그러했듯, 누군가 '그래, 얜 이런 놈이었지'란 선입견을 갖게 되면 그걸 바꾸는 건 엄청난 시간과 노력이 필요하다. 그리고 그마저도 한 번의 실수로 물거품이 되어버리곤 한다.

결국 누가 어떻게 될지 모르는 인생에서 말조심해서 나쁠 건 없다.

소문은 언제나 부풀려지니까.

"오, 괜찮네."

짐 정리를 마치고 방 배정을 받은 방에 도착하자, 남자 놈 10명이 부둥켜안고 자야 겨우 잘 수 있는 크기였건만, 만족해하는 광현을 보니 한숨만 나온다.

"이게?"

"야, 오티 땐 이거보다 더 했어."

정말 안 가길 잘했지. 방을 보니, OT 때는 어땠을지… 상상도 하기 싫다.

"후……."

"야, 어차피 여기서 잘 놈 몇 없어. 빨리 가방이나 내려놓고 가자. 좀 이따 바비큐 먹는다는데, 자리 선점해야지."

조끼리 앉을 텐데, 웬 자리 선점?

"1학년들, 저녁 먹고 즐기려면 지금 많이 먹어둬라."

"예~"

3조의 대답에 조장인 명철 선배가 펜션 앞에 조별로 배당된 그릴에 고기를 올렸다.

그리고 잠시 후 그릴에서 나오는 연기를 맞은 아이들이 얼굴을 찌푸리자, 광현이 녀석이 연기가 향하는 방향에 서 있는 선화에게 말을 걸었다.

"선화야, 나랑 자리 바꾸자."

"어? 아니야, 괜찮아."

결국 자리 선점은 이거였냐…….

내게도 괜찮은 애를 찾아보라는 눈빛을 보내며 동기들 사이에서 인기가 있던 선화와 자리를 바꾸는 녀석을 보니 웃음이 나온다.

"야, 개또. 선배는 눈에 안 들어 오냐?"

하지만 뻔히 속내가 들여다보이는 광현의 행동에, 선화 옆자리에 있던 3학년 민훈 선배가 한마디 하자, 녀석답게 능구렁이같이 넘어간다.

"에이, 개또라늬! 선배, 레이디 퍼스트 아닙니까? 아니면 저랑 바꾸실래요?"

녀석의 말에 아까부터 선화를 힐끔거리던 민훈 선배가 결국 백기를 들었다.

"됐다… 고기나 먹어라."

"옙~"

그렇게 아름다운 한탄강 주변의 경관을 보며 바비큐 파티를 즐기고 있을 때였다.

인솔을 위해 오신 윤형석 교수님께서 선배들이 따라준 술을 마신 덕에 붉게 달아오른 얼굴로 우리에게 말씀하셨다.

"형법 교수가 아닌 S대 법학과 선배로서 선후배들이 즐겁게 어울리는 모습을 보니 정말 기쁩니다. 그러나 이런 즐거운 자리에 고리타분하게 교수란 놈이 있으면 분위기만 흐릴 테니, 한마디하고 전 물러가겠습니다."

흐뭇한 눈빛으로 우리를 보신 교수님께서 천천히 입을 여셨다.

"여러분이 배우고 있는 법이란 것은 국가를 또한 사회를 유지시키기 위한 가장 기본적인 룰을 정한 것입니다. 그런 사회란 놈은 사실 각 개인의 인간관계를 확장한 것에 불과하다고 볼 수 있죠. 그리고 MT에 참석하신 여러분은? 지금 그것을 구성하는 인간관계를 형성하고 있는 중입니다. 모두 반쪽짜리 법이 아닌, 실제 법을 알기 위해서라도 서로 존중하고 배려하는 법학도가 되었으면 합니다."

그렇게 MT를 위해 준비하셨을 말씀을 마치신 교수님께선 학생들의 박수를 받으며 떠나셨다.

좋은 말씀이셨지만 한편으론 조금 씁쓸한 기분이 들었다.

10여 년 후면 로스쿨로 인해 법학과는 사라질 테니.

"승민아, 뭐 해? 얼른 먹어."

생각에 잠긴 내게 민지 선배가 익기가 무섭게 조원들의 입으로 사라지는 고기를 가리킨다.

"예."

바비큐 파티를 마치고 나서 간단한 레크리에이션을 하고 나니, MT의 꽃인 술자리를 벌이라는 듯 펜션에 밤이 찾아왔다.

"명철 오빠, 상품으로 받은 양주는 조금 아낄까요?"

재수를 해서 자신보다 나이가 많은 명철 선배에게 같은 학번의 민지 선배가 묻자, 그는 둥글게 모여 앉은 채 어색해하는 조원들의 모습을 보며 말했다.

"그래, 좀 더 친해지고 먹어야 좋지. 지금 먹어봐야 벌칙밖에 더 되겠어."

눈앞에 보이는 것도 술밖에 없구만.

저녁을 먹고 한 단체 게임의 1등 상품이 양주였다니… 차라리 미친 척하고 게임에서 질 걸 그랬나 싶다.

"야, 개또. 이번엔 자제해라. 오티 때 난 4학년 선배가 오신 줄 알았어."

신입생답지 않게 능숙하게 종이컵을 나눠주며, 세팅을 하고 있는 광현을 민훈 선배가 제발 이번엔 그러지 말라는 눈으로 바라봤다.

"아, 선배. 걱정하지 마십쇼. 이번엔 분위기만 띄우겠습니다."

"야, 박광현. 너 그때도 그렇게 말해놓고 노래 부른다고 나가서 갑자기 스트립쇼 했잖아!"

뭐? 스트립쇼……?

"에이, 팬티는 입었으니, 팬티 쇼라고 해주시죠."

"명철 오빠. 쟤 그냥 다른 조로 보내죠……."

광현의 당당한 모습에 민지 선배가 치를 떨며 얘기했다.

"민지야, 됐어. 자, 다들 법학과에 들어온 거 환영한다. 즐겁게 놀아 보자."

그렇게 조원들의 건배와 함께 술자리가 시작됐다.

"승민아, 그럼 기숙사에 있는 거야?"

안주를 집고 있는데 어디 사냐고 묻던 연주가 질문을 해온다.

"어? 어, 맞아. 광현이랑 같이 살아."

"그래? 광현이랑 살기 안 힘들어?"

연주가 선화에게 계속 들이대고 있는 광현을 슬쩍 본다.

"아니야, 착해. 정리도 잘하고."

개념이 없어서 그렇지…….

"의외네. 막 어질러놓고 그럴 것 같은데."

"안 그래도 그런 말 많이 듣는다."

연주의 말을 적당히 받아주며 주위를 둘러보니, 가관이 따로 없다.

옆에서 혼자 뻘쭘해하는 후배나 챙길 것이지, 흥미도 없는 자랑을 늘어놓으며 신입생에게 작업이나 거는 선배들을 보니 3조는 참 선배들이 잘 이끌고 있는 모습이다.

"어이, 과 수석. 벌써 지친 거야?"

잠시 한눈을 팔았건만 그걸 봤는지 명철 선배가 소주병을 들고 물었다.

"그럴 리가요."

그렇게 명철 선배를 시작으로 3조 선배들이 와서 주는 술을 받아먹다 보니, 어느새 취기가 살짝 올라온다.

"승민~ 아, 내 술은 안 받았지?"

"아, 예."

인기가 있는지 후배들의 집중 공격을 받은 민지 선배가 붉게 달아오른 얼굴로 잔에 양주를 꽉 채웠다.

"뭐해? 원샷!"

민지 선배… 양주를요?

고민을 하고 있는 사이 명찰에 준혁이라고 써 있는 다른 조 3학년 선배가 다가왔다.

"니가 이번 신입생 과수석이냐?"

"예, 처음 뵙겠습니다. 선배님."

"후, 어우~ 당당한 거 보게. 우리 땐 법학과가 전체 수석이었어. 쪽팔린 줄 알아라."

딱 봐도 아까 여자 동기들에게 껄떡거리더니 마음대로 안 되자 시비를 거는 모양새다.

"죄송합니다."

3학년이란 놈이 이럴수록 찌질로 낙인찍힌다는 걸 모르는 걸 보면, 정말 사회생활 못 하는 놈이다.

"죄송한 건 아네. 어?"

결국 녀석의 꼬장에 분위기가 안 좋아지자 다른 3학년 선배가 나섰다.

"새꺄, 니가 전체 수석 했어? 그만하고 니네 조로 가."

하지만 자존심만 더 구긴 준혁 선배는 그의 말을 무시하고 내게 술잔을 들이밀며 시비를 걸었다.

"기다려 봐. 술 한 잔 받아야지."

후, 신입생을 위한 자리에 3학년이 꼈으면 조용히 있다 가든가……

신입시절, 회사 회식에서 지위를 이용해 꼬장을 일삼던 김 과장이 생각나 짜증이 밀려왔다. 그때 동기인 박 대리랑 얼마나 고생을 했는지……

"제가 지금 양주를 받아서 그런데 양주로 따라드려도 괜찮겠습니까?"

"그래, 한번 따라 봐."

꽉 따라져 있는 양주를 보이며 말하자, 놈은 1학년이 마시면 얼마나 마시겠냐는 눈빛으로 당당히 고개를 끄덕인다.

"선배님, 제가 따라드리겠습니다."

내 주량을 아는 광현이 이 기회에 죽여 버리라는 듯, 윙크를 하며 쪼르르 달려왔다.

"야, 최승민. 먹고 토하지 마라."

자신만만하게 넘기다 중간에 목이 화끈거리는지 멈칫하는 녀석을 보며 꾹 참고 한 번에 잔을 비웠다.

"크~ 자식 술 좀 하네. 그래도 니 얼굴 보니까, 한 잔 더하면 죽을 것 같아서 봐준다."

말과 달리 아무렇지 않게 잔을 비우자 당황을 했는지, 자리에서 일어나려고 하는 녀석의 술잔에 양주를 따랐다.

"아닙니다, 선배. 전 괜찮습니다. 선배가 주시는 술인데 어떻게 거절을 할 수 있겠습니까. 한잔 받으시죠."

"뭐?"

뭐긴 뭐야, 새꺄. 넌 뒤진 거지.

쾅!

결국 종이컵을 꽉 채운 양주 두 잔을 마신 녀석은 그대로 뒤로 자빠졌고, 선배들의 손에 질질 끌려 시체방으로 후송됐다.

"역시 최승민. 기대를 저버리지 않으시는구만. 하긴 널 누가 이기겠냐? 그거나 줘라."

모두 뻗어버린 준혁이란 놈에게 시선이 집중됐을 때, 광현이 귓속말을 하며 내가 마시는 척만 한 양주가 담긴 종이컵을 슬쩍 치워 버렸다.

"아휴, 너 오늘 술 처음 마신다며… 승민아, 괜찮냐?"

어수선한 분위기를 정리하고 온 명철 선배가 막아주지 못한 것이 미안했는지, 걱정스러운 얼굴로 물었다.

"아, 선배… 진짜 죽을 거 같은데요……."

"미안하다. 니가 이해해. 저 선배. 작년에도 저랬어. 이번에 제외시키자고 했는데, 선배들이 그냥 한 번만 봐주자고 해서 끼워 줬더니……."

한잔 들이켜라며 탄산음료를 따라준 명철 선배가 고생했다는 듯, 어깨를 두드려 주곤 자리로 돌아갔다.

"승민~ 아, 미안……."

"괜찮아요, 선배. 그럴 수도 있죠."

다시 화기애애한 분위기 속에 술을 마시고 있을 때, 아까 맥주인지 알고 양주를 잘못 따라주셨다는 민지 선배가 또 양주를 따라주시며 미안하다고 말하고 있다.

"예… 민지 선배. 근데 이거……."

"승민이 원샷!"

엠티를 마치고 돌아오는 버스 안, 생기가 없는 새하얀 얼굴로 죽은 듯 자는 학생들을 보니 시체방은 여기가 아닐까 싶다.

"승민아."

"닥쳐. 그리고 어디 가서 나 안다고 하지 마."

이 사태의 원흉인 말로만 듣던 개또라이의 실체를 목격하고 나니, 그나마 실낱같이 매달려 있던 정나미마저 떨어져 나갔다.

"왜?"

"몰라서 묻냐?"

"야, 재밌자고 한 거야. 술은 그렇게 먹어야 재밌지."

정말 말이나 못하면…….

"그래, 게임을 하는 건 좋아. 아니, 근데 이겨도 술 먹고 지면, 그 수만큼 먹는 그딴 게임을 왜 하자고 한 거냐?"

에휴, 1을 외친 사람이 한 잔이면 16명이 했으니, 결국 끝까지 가면 마지막 놈은 죽으란 이야기지.

"명철 선배가 자긴 땐 이랬다고 하는데 02학번 체면이 있지! 질 순 없잖아!"

"하아……. 됐다."

"혹시 우리조가 꼴찌해서 그런 거야?"

너랑 무슨 말을 하겠냐.

그걸 조별 토너먼트로 승화시킨 희대의 또라이를 만난 내 잘못이지.

9장

월드컵

"여기 문장이 좀 이상하지 않아?"

"그런가……."

수업을 마치고 세나와 시열과 얼마 남지 않은 중간고사 시험 공부를 함께하기로 약속한 도서관에 도착하니, 세나가 또 뭐가 마음에 안 드는지 시열을 보며 얼굴을 찌푸리고 있다.

"뭐 하냐?"

코앞까지 다가갔음에도 한참 뭔가에 열중한 둘은, 내가 말을 걸고 나서야 내가 왔단 걸 눈치챘다.

"승민아, 안녕."

"왔어? 시열이가 영어시험 대체 영작 리포트 써야 한다고 해서 도와주고 있었어."

반겨주시는 우리 세나 씨 심술보가 터질 것 같네그려.

슬쩍 시열이 써 온 문법을 파괴하고 계신 영작 리포트를 보니, 그녀의 표정이 왜 그랬는지 이해가 간다.

"어… 세나가 좀 많이 도와줘야겠네……."

"응. 안 그래도 세나가 많이 고쳐 줬어."

눈치는 밥 말아 드신 채 해맑게 말하는 시열을 황당하게 바라보는, 세나의 이마에 힘줄이 튀어나올 기세인지라 서둘러 말을 돌렸다.

"자! 일단 나중에 하시고, 밥이나 먹읍시다."

"그래, 그러자. 진짜 머리가 다 아프네."

교내 식당에 도착해 메뉴를 받아 자리에 앉자, 한식을 먹는 우리와 달리 돈가스를 먹던 세나가 뭔가 생각났다는 듯 말했다.

"아, 맞다. 최승민."

"응? 왜?"

"혹시 알바 같은 거 하는 거 있어?"

이게 뻔히 알면서 뜬금없이 웬 알바?

"아니. 니들이랑 이러고 있는 거 보면 모르냐?"

"그래? 그럼 과외 한번 해볼래?"

"갑자기 웬 과외?"

"아~ 그게……."

탕.

뭐야? 시열이 녀석 갑자기 수저는 왜 떨어뜨리고 난리야.

"아, 미안……."

그냥 넘어가도 될 걸, 말이 끊긴 것 때문인지 세나가 시열을 째려본다.

그만 좀 괴롭혀라. 윤세나, 이 악독한 기집애야. 안 그래도 친해지려고 애쓰는 애를……

"야, 윤세나. 그래서 뭐? 과외가 어쨌다고."

"아, 이번에 엄마 친구분께서 아들이 고3이라고 과외 좀 해달라고 나한테 부탁했거든. 근데 난 지금 해주는 애랑 시간이 겹쳐서 못하니까 니가 좀 해줬으면 해서."

흠, 이게 이렇게 착한 녀석이 아닌데……. 괜히 또 밤 10시 이런 때 아냐?

"시간이 언젠데?"

"토, 일 2시부터 4시까지. 수학하고 영어만 번갈아 가면서 2시간씩 봐주면 돼."

"야, 괜찮네. 웬만하면 니가 그냥 하지."

"시간이 겹친다고."

"아니, 한쪽을 6시부터 8시로 하거나 요일을 바꾸면 되지."

"학원 때문에 안 된데. 누군 안 하고 싶어? 오죽하면 내가 이럴까!"

하여튼, 이놈의 성질머리는… 부탁을 하면서.

"알았으니까, 진정해. 근데 너 말고 다른 사람이 한다고 그쪽에 말은 해놓은 거야?"

"응. 난 안 되고, 친구한테 부탁해 본다고 했어."

어머니 친구분 부탁이면 거절하기도 그럴 텐데. 과외라……. 이번 기회에 경험이나 해볼까?

"그래, 알았다. 한번 해보지 뭐. 언제부터 하면 되냐?"

"음, 시험 끝나고 그 다음 주부터 해주면 좋고. 만약 할 거면 주소는 내가 나중에 문자로 보내줄게."

시험 끝나고 나서면 5월 4일인가?

"그려. 이왕 하는 거 그냥 빨리 하지 뭐. 그때부터 한다고 말씀드려."

"알았어. 그렇게 말해 놓을게. 고맙다, 최승민."

"됐다. 오히려 내가 더 고마워해야지."

탕! 탕!

"승민아, 과외 진짜로 할 거야……?"

식사를 마치고 음식물 잔반통에 음식을 버리는데, 시열이 내 눈치를 보며 물었다.

"왜? 너 하고 싶어? 한번 해볼래?"

"아니, 난 됐어. 그냥… 과외하면 주말에 놀지도 못할 거 아냐."

"어차피 2시간밖에 안 되니까 별 상관 없어."

어휴, 주말에만 4시간 일하고 30만 원이면 거저먹는 거다, 자식아. 아직 사회 경험이 없으니 이런 소리가 나오지.

"뭐해? 다 비었으면 빨리 가자. 시열이 넌 영작 리포트 내일까지라며, 마무리해야지."

"어! 세나야, 기다려!"

결국 챙겨줄 건 다 챙겨주면서 새침한 표정으로 금세 식판을 비우고 뒤따라오는 시열에게 핀잔을 주는 세나를 보니 웃음이 나온다.

＊　　　　＊　　　　＊

"최승민! 욕봤다!"

4월 26일부터 4일간 치러진 중간고사가 모두 끝나자, 같이 시험을 치른 광현이 마치 남의 일인 것처럼 말을 한다.

"그러는 넌 시험은 잘 봤냐?"

"응. 그냥 그럭저럭!"

굼벵이도 구르는 재주가 있다고, 차석 입학에 시험이라고 며칠 밤까지 새던 녀석이니 잘 봤을 거다.

"그것보다 나 이번에 동아리 들어갔는데, 너도 같이할래?"

이 개또 새끼야⋯ 이번이라면 시험기간에 동아리를 들락날락거렸다는 거냐⋯⋯.

"뭔데?"

"사상과 철학을 탐미하는 동아리인데."

"뭐냐? 그 요상한 목적의 동아리는⋯⋯."

어색한 웃음을 보니 믿음이 안 간다. 혹시 동아리를 사칭한 사이비 종교라도 가입한 거 아냐?

"좀 더 유연한 사고를 위해 약간의 음주를 통해서~?"

"처맞기 싫으면 기숙사나 갑시다."

"먼저 가! 난 동아리에 얼굴 좀 비추고 갈게~"

에휴, 니 인생 니가 살지 내가 사냐⋯ 그러세요.

그렇게 오랜만에 박광현 없는 조용한 기숙사 방에서 중간고사로 쌓인 피로를 풀기 위해 단잠을 자고 있던 내게 달갑지 않은 소리가 들려왔다.

"승민아~"

요란스럽게 문을 열고 들어오는 광현의 목소리 톤을 보니, 동아리에 얼굴만 비춘다더니 한잔 걸치신 것 같다.

"뭐해! 자?"

하… 썩을 놈아, 제발 흔들지 마라.

"…몇 시냐?"

"지금? 7시 조금 넘었어."

그래도 꽤 잤네. 어차피 이놈이 왔으니, 다시 자긴 글러 보인다.

"동아리에 얼굴만 비춘다더니 뭐 이리 늦게 왔어?"

"갔는데 동아리 선배들이 중간고사 끝났으니까 술이나 먹자고 해서 한잔하고 왔지."

"그랬냐. 피곤하겠다. 그치? 빨리 씻고 자."

"근데 승민아."

후……

"어, 왜?"

"오늘 동아리에서 누구 봤는지 알아?"

그래 봐야 너같이 정신 나간 놈이겠지…….

"누굴 봤는데?"

"서민후!"

서민후? 설마 우리 학번 전체 수석? 어떤 놈일까 궁금했었는데.

"그래서?"

"그래서가 뭐냐! 어땠냐? 뭐 이런 말 못 하냐……."

"말하기 싫음 말아. 나 자다 깨서 졸려."

마음과 달리 무심한 척 물어보자, 김이 샜단 얼굴로 투덜대던 녀석이 결국 입을 열었다.

"괜찮던데."

"뭐가?"

"그게 공부만 하는 범생이인 줄 알았더니 술자리 분위기도 잘 살리고 시원시원하달까? 하여튼 얼굴도 잘생겼고, 완전 생각했던 거랑 딴판인 놈이었어. 덕분에 완전 친해졌지 뭐."

흐음, 그런 놈이 왜 서양사학과를 간 거야? 그냥 역사에 관심이 많은 놈인가?

"근데 걘 서양사학과는 왜 갔다냐?"

"어!? 그러니까……."

"설마 까먹은 거야?"

"음, 별로 대단한 이유는 아니었던 거지. 생각이 안 나는 걸 보면……."

이 등신아! 자랑이다. 어떻게 그걸 까먹냐.

*   *   *

달력이 넘어가고, 세나의 과외를 대신 해주기로 한 토요일이 찾아왔다.

과외는 2시까지였지만 처음 가보는 곳인지라 늦지 않게 좀 더 일찍 기숙사에서 나섰다.

"음… 어디 보자. 강서구 신월 5동 D아파트."

세나가 보내준 문자대로 찾아오긴 했지만 그나마 남학생이라

부담은 덜 하다곤 해도, 과외를 해본 적이 없는 터라 잘 가르칠 수 있을지 모르겠다.

"여긴가, 802호니까."

조금 오래된 아파트 건물로 들어가 엘리베이터 버튼을 눌렀다.

띵.

문이 열리고 안에서 내리며, 예의 바르게 인사를 하는 6살짜리 남자아이에게 손을 흔들어줬다.

저 아이처럼 착하기만 해도 좋으련만.

나를 믿고 부탁을 한 세나에게 폐를 끼치지 않아야 한다는 생각에 별의별 생각이 다 든다.

드디어 도착인가.

떨리는 손으로 천천히 802호의 벨을 눌렀다.

띵동~ 띵동~

―예~ 누구세요~

과외를 받는 남학생의 여자 형제인지, 중년이라고 보기엔 너무 젊은 여성의 밝은 목소리가 들려왔다.

"예, 오늘부터 과외를 하게 된 학생입니다."

―네, 잠시만요.

그리고 잠시 후, 문이 열리고 상대방과 난 그대로 얼음이 되어버렸다.

어쩐지 어디서 들어본 목소리 같단 느낌을 받긴 했었다.

"김예슬… 니가 왜 여기 있냐?"

"우리 집이니까."

예슬이가 쌍둥이 남동생이 있단 말은 들어본 적이 없는데?

설마? 윤세나… 이 망할 기집애. 나를 속여?

어쩐지 남학생 이름을 알려 달랬더니, 그냥 가보면 된다고 얼버무릴 때 알아봤어야 했는데!

"근데 승민이 니가 왜 왔어? 세나가 분명 영문학과 선배한테 부탁했다고 했는데?"

"세나한테 엄마 친구분 아들내미 과외 좀 해달라는 부탁받고 온 건데, 니가 나와서 놀란 건 나도 마찬가지거든."

그렇게 윤세나에게 속았다는 걸 안 우린 허탈감에 문 앞에서 한참을 멍하니 서 있어야 했다.

"예슬아! 과외 선생님이시라며? 안으로 모시지 않고 밖에서 뭐하니!"

"엄마! 잠깐만!"

"후, 일단 들어가서 이야기하자. 어머니 걱정하시잖아."

예슬은 잠시 머뭇거리다 결국 어쩔 수 없단 듯 고갤 끄덕였다. 그런 그녀와 함께 안으로 들어가자 신발장 앞에까지 나와 맞아 주시는 예슬이 어머니의 모습에 황급히 인사를 드렸다.

"안녕하세요. 저는……."

"어머, 안녕하세요. 과외하러 오신 세나 학교 선배 맞으시죠? 거기 있지 말고 들어오세요."

어머니께서 인사를 막으시며 안으로 이끄는 바람에 말할 타이밍을 놓쳐 버렸다.

"아, 예. 감사합니다."

"예슬이랑도 아는 사이인가 봐요? 밖에서 오래 계신 걸 보니?"

"엄마, 학교 선배 아니야."

"응? 그게 무슨 말이야. 세나가 학교 선배한테 부탁드려 본다고 했다며."

"……."

"으응? 얘가 왜 이래 오늘따라……."

예슬이 입술을 삐죽이며 머뭇거리자, 그녀의 어머니께서 무슨 일이냔 눈빛으로 나를 보셨다.

"저… 어머니, 예슬이가 말하기 조금 그럴 거예요."

"예? 그게 무슨 말씀이세요?"

"후, 처음 뵙겠습니다. 예슬이 고등학교 동창 최승민이라고 합니다."

"네? 어머!"

한참 생각을 하시던 어머니께서 이해를 하신 듯 우리를 보며 웃음을 터뜨리셨고, 결국 예슬의 얼굴이 홍당무가 되었다.

"씨. 엄마! 웃지 마!"

"호호 알았어. 호호호, 승민 군 미안해요. 내가 너무 웃었죠?"

"아닙니다."

"얌전한 세나가 이런 장난을 칠 줄 몰랐는데, 호호. 의외로 개구진 구석이 있었나 보네."

우리를 보며 손으로 입을 가리신 채 웃음을 참으시는 어머니를 보니, 이젠 나까지 얼굴이 붉어지려고 한다.

믿는 도끼에 발등을 찍힌 꼴인가… 정말 이 기집애를 그냥…….

"그러게요. 세나가 이런 적은 처음이라 저도 조금 당황스럽긴 하네요……."

"그래도 세나 덕분에 승민 군을 보게 됐네요. 얘가 학교 갔다오면 승민 군 이야기를 하도 해서 궁금했는데 만나서 반가워요."

"아, 예……."

무슨 이야기를 했는지 모르겠지만 어머니의 묘한 미소가 마음에 걸린다.

"엄만 진짜… 내가 언제!"

어머니의 말씀에 토라진 예슬이 화를 내며 고개를 팩 돌렸고, 어머니께선 그런 딸이 귀여운지 예슬의 머리를 쓰다듬어 주며 그녀를 다독였다.

"으이구, 그래, 알았어. 안 그랬어, 우리 딸. 됐어?"

"몰라……."

예슬이 원망스러운 눈으로 째려보자, 그녀의 시선을 피하며 어머니께서 미안하다는 듯 말씀하셨다.

"아무튼 이왕 이렇게 된 거 승민 군이 수고 좀 해줘요."

"예, 알겠습니다, 어머니. 그리고 말씀 편하게 하세요."

"어머, 그래도 될까요?"

"예, 그러시는 게 저도 편하니까요."

"그래, 그럼 승민아. 아줌마가 편하게 말할게."

그렇게 대화를 마치자 예슬이 어머니께선 과외를 위해 거실에 조그마한 책상을 펴주셨다.

"세나, 이 나쁜 기집애… 만나기만 해봐라……."

자리에 앉은 예슬이 내 눈을 피하며 구시렁거린다.

"야, 나도 화나니까 빨리 과외나 하자. 예슬이 너 영어랑 수학중에 뭐가 더 어려워?"

슬쩍 나를 본 예슬이 또 눈을 피한다.

가뜩이나 껄끄러운 나한테 과외를 받아야 하는 마음은 알겠는데, 예슬아 그러지 마라. 나도 지금 가시방석이니까.

"어… 수학! 아니, 영어! 그게 둘 다……."

"그럼 영어부터 하자."

"응."

어디서부터 알려줘야 할지 진도를 확인할 겸 그녀의 영어 문제집을 보니, 그동안 열심히 하긴 한 모양이긴 한데, 아직 공부하는 방법은 잘 모르는 것 같다.

세나 녀석, 어머니의 말을 들어보니 자주 온 것 같은데 안 가르쳐 주고 뭐한 건지…….

"예슬아, 문제집에다가 정답 체크 같은 거 하지 마."

"왜? 그래야 알잖아."

"틀렸다고 표시를 해버리면 다시 풀 때, 니가 뭘 어려워하는지 모르게 돼."

"무슨 말이야?"

"그러니까 그냥 틀린 거에 찍찍 줄 긋지 말고 조그맣게 별을 그리라고."

"별?"

"어, 그러면 다음에 풀 때 또 틀리면 별이 늘어나겠지? 그렇게 하다 보면 문제집에 표시된 난이도가 아니라, 니가 어려워하는 게 뭔지 알 수 있으니까 시간 낭비 할 필요 없이 그 부분만 집중적으로 공부하면 되잖아."

"오~ 뭔가 그럴듯해."

뭘 '오~'냐. 다들 그렇게 하는걸.

"됐고, 너 학원도 다니니까 독해하는 법이랑 니가 풀다가 어려운 부분만 설명해 줄게."

"그냥 처음부터 쭈욱 설명해 주면 안 돼?"

후… 문제집에 시선을 고정한 채 말을 할 때만 힐끔힐끔 이쪽을 보는 예슬을 보니, 친구들과의 모임에서 밝던 그녀가 맞나 싶다.

"5월이면 슬슬 어느 정도 정리가 돼야 하는 시기인데, 지금 영어를 처음부터 다시 하면 너 시간 모자라."

"그럼 니 말대로 하지 뭐."

과외를 한 지 20분쯤 지나자, 예슬이 어머니께서 과일이 담긴 접시를 가지고 오셨지만 나와 예슬의 표정은 그리 밝지 못했다.

"둘 다 이것 좀 먹고 해."

"아, 예. 잘 먹겠습니다. 그럼 예슬아 일단 먹고 하자……."

"응……."

고개를 끄덕인 예슬이 뾰로통한 얼굴로 내 뒤를 노려본다. 5분에 한 번씩 그러는 모습에 처음엔 내가 부담되어서 그런가 싶었다.

하지만 힐끔 뒤쪽으로 고개를 돌렸을 때, 마주친 예슬이 어머니의 웃음기 가득한 눈을 보고 그게 아니란 걸 알 수 있었다.

"엄마, 제발 방에 들어가라고!"

두 모녀의 모습을 보니, 항상 밝던 예슬이 누굴 닮았나 했더니 어머니를 쏙 빼닮은 모양이다.

"알았어. 예슬이 너 승민이가 알려준다고 농땡이 피우지 마."

"걱정 말고 제발 그만 좀 나와. 신경 쓰여서 공부가 안 된다고."

잠시 후 문이 닫히는 소리가 들리자 딸기를 집어 먹던 예슬이 투덜댄다.

"미안. 니가 이해해. 항상 저러시거든……."

"글쎄다. 너만 할까?"

"뭐!"

이제야 똑바로 눈을 보시는구만.

"그거 안 먹을 거면 공부나 하자."

"어?"

예슬이 화를 내려다 딸기를 황급히 입으로 넣는 모습을 보니, 어머니께서 장난을 치시는 게 이해가 가긴 한다.

"독해는 결국 접속사랑 문법을 얼마나 잘 찾느냐가 관건이야. 이런 식으로 딱 딱 표시를 하고 반복되는 단어는 눈여겨서 봐. 주제 찾는 문젠 그걸 살짝 바꾼 게 답이거나, 아니면 그게 답이니까. 오늘은 여기까지 하자."

"이건 알려주지……?"

진작에 그러지. 아직 어색해하긴 했지만 과일을 먹으며 장난을 친 덕에 조금은 나아진 예슬을 보니 안심이 된다.

"야, 됐어. 한 번에 너무 많이 넣으려고 하면 다 안 들어간다. 체크해 놔 내일 알려줄게."

"음… 그래. 알았어."

뭐 그리 궁금한 게 많은지 한참을 물어보는 예슬이 때문에 5시가 되어서야 과외를 마칠 수 있었다.

"어머, 5시네? 이거 승민이한테 미안해서 어떡해."

배웅을 해주기 위해 나오신 어머니께서 시계를 보며 말씀하셨다.

"어차피 할 일도 없었는데요. 그럼 내일 또 뵙겠습니다."

"승민아, 저녁 먹고 가. 미안하게 어떻게 그냥 보내."

어머니의 말씀에 황급히 손사래를 치며 거절했다.

"아니요, 어머니. 제가 지금 꼭 해야 할 일이 있어서요……."

"잘 가. 아, 맞다! 세나 고 기집애 만나면 꼭 혼내줘!"

"걱정하지 마. 안 그래도 지금 전화하려고 했으니까. 아무튼 내일 보자."

문에서 얼굴만 빼꼼히 내민 예슬에게 작별 인사를 하고 아파트를 나와 핸드폰을 꺼냈다.

띠리리— 띠리리—

—여보세요?

"야, 윤세나. 너 나한테 할 말 없냐?"

—갑자기 전화해서 그게 무슨 소리야?

"과외… 남학생이라며? 근데 예슬이가 나오더라."

—아, 오늘부터였나? 그래, 잘했어?

이게 진짜… 미안하단 말 한 마디 없이 잘했냐는 말이 나와?

"오늘부터였냐고? 너 진짜 혼날래? 내가 얼마나 당황했는 줄 알아? 예슬이 어머니께서 계속 웃으셔서 민망해 죽을 뻔했어!"

—호호, 들어보니 잘했나 보네. 그리고 모르는 사람보다 예슬이가 낫잖아. 예슬이 혼자 공부하는데 얼마나 힘들겠어. 니가

좀 도와줘.

"야! 윤세나!"

―그럼 난 바빠서 이만.

뚜― 뚜―

"지금 그걸 말이라고… 이게 진짜!"

―연결이 되지 않아 삐― 소리 후 소리샘으로 연결됩니다.

이 영악한 기집애. 이미 하기로 한 마당에 다음 주에 세나를 만나도 큰소리치기도 뭐하니… 이거 왠지 된통 당한 기분이다.

우리의 관계를 모르는 세나의 농간에 예슬의 과외를 한 지 열흘이 조금 넘었다.

그사이 매스컴에선 한일 월드컵에 대한 특별방송을 방영하며 월드컵에 대한 기대감을 고조시켰다.

하긴 벌써 광현이 자식은 암표를 구한다고 난리도 아니었지.

"에휴, 어차피 결과를 알고 있는데 뭔 상관이냐. 주식이나 팔자."

주식 프로그램에 보이는 N사 주식은 내가 정했던 목표액인 26만 원을 이미 넘어서고 있었다.

주식수가 많아지면 결국 원하는 가격에 팔지 못하게 될 경우도 있을 테고, 완벽하게 어느 정도 선까지 올라갈지도 모르니 이정도에서 욕심을 접는 게 낫겠지.

괜히 더 오를 것 같은 기분에 갈팡질팡하는 마음을 다 잡고, 52주를 26만 원에 전량 매도했다.

400만 원에 53주를 샀던 주식을 팔고 나니 한순간에 1,350만원이 되어버렸다.

원금의 3배가 넘는 수치에 화면을 보면서도 헛웃음이 나왔다.

과거엔 그렇게 머리를 짜내도 결국 손해를 봤던 주식이었건만······.

이렇게 너무 쉽게 돈을 버니 벌어놓고도 믿겨지지가 않는다.

"그나저나 이걸로 뭘 해야 할까."

이제 또 월드컵 특수가 지나면, 어차피 주식은 대선 때만 되면 연례행사처럼 시비를 거시는 북한 때문에 또 쭉 내려갈 테니 손 놓고 기다리만 해도 되고 다른 건 뭐가 있지?

하긴 대선이 12월인데, 벌써부터 이걸로 머리 아플 필요는 없지.

미래를 안다는 게 생각보다 더 엄청난 일이란 걸 방금 겪고 나니, 문득 대수롭지 않게 이런 생각을 하고 있는 내가 무서워진다.

"승민아, 뉴스 봤냐?"

탈칵.

문을 열고 뛰어들어 오는 광현의 모습에 서둘러 주식 프로그램을 종료했다.

"뭔데 그렇게 허겁지겁 뛰어오냐? 구한다는 암표라도 구했어?"

"아니! 너 진짜 몰라? 이 근처에서 살인 사건 난 거 못 봤어?"

서울에서 살인 사건? 혹시 김대철? 아니지. 그놈은 내보내 주기만 하면, 바로 총으로 쏴버린다고 군대에서 떠들던 때니까 말이 안 되지··· 장남수는 더더욱 아니고··· 그냥 단순한 살인 사건인가?

"왜? 누가 죽었는데?"

"고등학생을 어느 미친놈이 불태워 죽였나 봐."

"뭐!?"

"근데 드럼통에다 다른 동물 시체랑 함께 태워서 아직 확실히 밝혀내긴 어렵데."

"확실하지도 않은데 어떻게 고등학생인지 알아?"

"며칠 전에 실종된 학생 교복이 근처에서 발견됐나 봐."

아니, 옷을 다 벗기고서 시체를 태웠다고? 어떤 바보가 그런 짓을 해.

"야, 그게 말이 돼? 옷만 왜 벗겨? 같이 태우면 되는데."

"그래서 경찰도 약간 변태 성욕자? 뭐 그런 게 아닐까 생각한다는데, 시체를 불태운 것도 그렇고."

"여학생이었어?"

"아니, 남자."

남자 고등학생이라……

이 당시 일어났던 사건들을 생각하며 기억을 떠올려 봤지만 전혀 알 수가 없었다.

"다른 건 뭐 없어?"

"응. 아직까진 이게 다야. 뭐 그래도 수사 중이니까 더 나오겠지?"

"그래, 그렇겠지. 아니면 경찰이 잡든가."

큰 사건이라면 내가 알게 되겠지.

내 기억에 없다는 건 연쇄살인이 아닐 가능성이 높으니, 빨리 범인이 잡히길 비는 수밖에 지금은 달리 방법이 없었다.

그렇게 광현에게 살인 사건에 대한 이야기를 듣고 나니, 기억이 더 희미해지기 전에 2년 후 연쇄살인을 저지르는 김대철과 장남수에 대한 기억을 더듬어 문서로 만들기로 했다.

하지만 이곳으로 돌아온 햇수까지 치면 거의 30년이 지난 과거의 일인 탓에 생각과 달리 쉽지 않았고, 할 수 없이 일단 생각나는 것들을 최대한 적어 내려가기 시작했다.

2년 후, 제발 내가 그들을 막을 수 있길. 아니, 어쩌면 그들이 아닌 김대철 한 놈일지도 모른다.

고등학교 때 그녀석이 연쇄살인마 장남수가 맞다면.

외전

한현성과 박시열

띠링—

메신저의 알림음과 함께 반가운 아이디가 모니터 하단에 수줍게 모습을 드러낸다.

승민: 다들 잘 지냈냐?
시열: 요오~ 안녕~ 현성이 때문에 잘은 못 지냈어!

독서실 안 간다고 징징거려서 할매네 분식집에서 배터지게 먹여놨더니, 이게……

주말이라 평소보다 일찍 독서실을 나서는데도, 승민이가 기다릴 거라며 빨리 가자고 보채던 시열이 메신저에서라도 만나게 된 것이 그리도 좋은지 승민의 채팅이 끝나기가 무섭게 글을 올렸다.

현성: 박시열, 혼날래? 에휴, 진짜. 됐다. 그러는 넌 잘 지냈냐?

승민: 학교에서 뭔 일이 있었겠냐. 그냥 그렇지 뭐. 아! 다음 주에 수학여행 가게 됐어.

현성: 어디로 가냐?

승민: 설악산이지. 뭐. 근데 니들은 수학여행 안 가냐?

시열: 아씨, 우리도 설악산인데! 우린 다다음 주. 조금만 일찍 가면 만날 수도 있던 거잖아.

진짜, 설악산으로 가지나 말던가. 막상 같은 곳으로 간다니, 시열의 말대로 아쉽긴 하다.

방학에 한 번 내려온다고 하긴 했지만, 오랜만에 녀석의 얼굴을 볼 수 있는 기회를 놓친 건가.

승민: 아, 진짜. 날짜가 안 도와주네.

현성: 그러게 말이다. 아무튼 이왕 가는 거 잘 놀다 와라.

승민: 그래. 아! 맞다. 우리 학교 근처에 한상고라고 있는데, 거기 애들 이번에 수학여행 갔다가 패싸움 났다고 하더라. 몇 명은 크게 다쳤다니까. 니들도 조심해.

시열: 진짜? 어쩌다가?

승민: 몰라. 본 것도 아닌데. 어떻게 알겠냐? 혹시라도 싸움나면 박시열, 너 싸움도 못 하면서 괜히 끼지 마.

시열: 내가 싸움 못 하는 줄 니가 어떻게 알아!

승민: 창가에서 뛰다가 다리 부러진 거 보면 답 나오거든?

시열: 그 일은 제발 잊으라고 멍청아. 다시 뛰면 잘 뛸 수 있는데……

자식, 가끔 뛰어내린 장소를 지날 때마다, 뭔가 미련이 남아 보이더니 그래서였나.

승민: ㅋㅋㅋ 웃고 있네. 아서라. 또 다쳐서 괜히 부모님 걱정시키지 말고

시열: 안 뛰어! 그냥 그렇다는 거지…….

승민: 아무튼 그런 일이 있었으니까 알아두라고.

현성: 뭐, 저놈이나 나나 방에만 있을 텐데 싸움은 무슨.

승민: 야, 넌 싸움 잘하니까, 애들이 도와달라고 부를지도 몰라. 이게 다 너 때문에 하는 소리야.

승민이 평소와 달리 몇 번이나 이야기를 하는 것은, 1학년 학기 초에 윤재 놈과의 싸움 때문일까.

문득 그날 싸우는 우릴 말리려고 자리에서 일어났던 그의 모습이 떠오른다.

그 일이 아니었다면, 살갑게 다가왔다고 해도 아마 그리 쉽게 친구로 받아들이지 않았을지도.

어쨌든 승민에게 그날 일로 싸움이나 하는 놈으로 비친 걸까?

그럴 리가… 걱정을 하는 친구에게 무슨 말도 안 되는 생각을……

현성: 그래, 알았다. 절대 안 싸울 테니까. 너무 걱정하지 마.

승민: 오케이. 니가 그렇다면 그런 거겠지. 그럼 박시열. 재밌는 이야기 좀 해봐.

시열: 뭐! 없어! 바보야. 니가 하던가.

역시나 승민이 능글맞게 화제를 전환한다.

같이 있을 땐 몰랐지만, 이렇게 채팅으로 만나니 왠지 그가 어른스럽게 느껴질 때가 많다.

승민: 널 믿은 내가 잘못이지.

시열: 자기도 할 말 없으니까 괜히 트집은!

승민: 내가 너냐? 기다려. 형님이 웃다 기절하게 만들어줄게!

발끈하는 시열과 투닥이는 걸 보면 역시나 착각이었던 걸까?

현성: 오늘도 즐거웠다. 방학 때 꼭 내려와. 얼굴 좀 보자.

승민: 그래, 알았어.

시열: 이씨, 독서실에선 그렇게 가라고 빌어도 안 가더니 벌써 10시야! 현성아 시간 좀 돌려봐.

박시열, 이 징글맞은 놈.

저게 저럴 때마다 승민의 빈자리가 크게 느껴진다.

그가 있을 땐 그저 보고만 있으면 됐는데. 후……

현성: 헛소리하지 말고 얼른 로그아웃 안 해? 이게 또 말 질질
끌면서 승민이 잡아둘라고.
시열: 알아. 나갈 거야!

띠링.
시열의 아이디가 대화창에서 사라졌다.

현성: 정말 혼자선 감당이 안 된다.
승민: 그래도 착한 놈이니까 너가 잘 좀 챙겨줘.
현성: 응, 그래. 나도 이만 나간다. 주말 잘 보내라.

아쉽지만 대화창을 닫고 메신저를 닫으려고 하는 순간, 띠링.
소리가 들렸다.
뭐지? 젠장⋯ 박시열⋯⋯.

현성: 야! 너 안 나가?
시열: 헐~ 아직 있었음? 나갈게.

태연함이 느껴지는 녀석의 글을 보니 이젠 화낼 기운도 없다.

현성: 나간다며?

나간다는 말만 하고 계속 승민과 대화를 나누고 있을 녀석과

10분은 씨름을 했을까.

시열: 진짜, 더러워서 나가고 만다!

결국 10시가 딱 돼서 나가는 주제에 말은…….

*   *   *

"으아~ 한현성 그걸 꼭 지금 먹어야 돼?"

"응. 습관이야. 꼭 먹고 자야 돼. 안 그럼 잠이 안 와."

"무슨 딸기 우유에 수면제라도 들어갔냐!"

"코앞에 있는 슈퍼가면서 참 말 많네. 니 먹을 거 하나 사줄 게. 됐냐?"

"그럼 또 말이 달라지지. 빨리 가자~"

으이구. 박시열, 이 단순한 놈.

"야! 천천히 가. 위험해!"

주변이 죄다 산이라 그런지 7시밖에 안 된 시간이지만, 슈퍼로 가는 길은 어둠이 짙게 깔려 있었기에 촐싹대며 달려가는 시열 을 말려야 했다.

"아~ 승민이랑 같이 왔으면 진짜 재밌었을 텐데. 그치?"

"그러게. 맨날 채팅으로만 듣던 녀석 친구들도 한번 보고 말 이지."

"응. 뭐 어쩔 수 없지! 승민이보다 더 재밌게 놀자."

웬일로 시열 님께서 기합이 들어가셨나.

그렇게 시열과 내일 일정에 대해 떠들며 산길을 따라 슈퍼에 다다를 때쯤이었다.

타 학교 학생으로 보이는 사내놈들 몇이 누군가를 둘러싸고 있는 모습이 보였다.

상황을 보니 돈을 뺏거나 시비를 거는 모양새였고, 말을 거는 시열도 그 광경을 봤는지 겁먹은 얼굴이었다.

"현성아……."

"보지 마. 그냥 가자."

절대 시비에 휘둘리지 말고 참으라는 승민의 말이 떠올랐다.

아무 일 없는 척 시열과 그들을 지나쳤다.

다행히 우리에겐 별 관심이 없는지 둘러싼 일행에게 욕설을 하며 윽박을 지르고 있었다.

"씨발놈들아. 그러니까 곱게 주면 편하잖아. 정동고? 어디 촌 동네에서 온 새끼들이 뒤질라고."

정동고?

덩치가 좀 있어 보이던 녀석의 말에 고개가 저절로 돌아가고 말았다.

둘러싸인 놈들을 자세히 보니 학교에서 설치던 성만이 패거리의 승철과 진수였다.

학교에선 그렇게 잘난 척을 해대더니……. 젠장, 최승민. 미안하다.

"시열아."

"어? 왜?"

불안한 듯 떨리는 시열의 눈빛이 설마 싸울 거냐고 말을 하는 것 같았다.

"숙소로 뛰어."

"싫어. 승민이가 싸우지 말랬잖아……."

"미안."

같은 학교 녀석들이 당하는 걸 보고만 있을 순 없었기에 등 뒤로 들려오는 시열의 목소리를 외면한 채 무리가 모여 있는 곳으로 천천히 다가갔다.

"이이."

돈을 뺏는데 정신이 없었던 녀석들은 갑자기 다가온 내게 화들짝 놀라고 있었다.

"이 새끼 뭐야? 니들 아는 새끼야?"

"알 거 없고, 재미있어 보이는데. 나도 좀 끼어줘라."

말을 건네며 무릎을 꿇은 진수 녀석에게 묻는 놈의 머리채를 휘어잡아 끌어당긴 후, 광대뼈가 툭 튀어나온 면상에 그대로 주먹을 날렸다.

그러자 놈은 땅바닥에 쓰러져 버렸고, 나머지 패거리들은 갑자기 벌어진 일에 미처 반응을 하지 못하고 있었다.

"후……."

망설일 시간이 없다. 숨을 고른 후 바로 우측에 서 있는 패거리에게 몸을 날리며, 족제비같이 생긴 놈의 턱을 강하게 주먹으로 후려쳤다.

내게 제대로 맞은 족제비 놈이 쓰러지는 걸 멍하니 보고 있던 뺀질거리게 생긴 녀석의 앙상한 다리를 강하게 걷어차자 '악!' 하는 외마디 비명과 함께, 다리가 풀렸는지 주저앉은 놈의 머리를 그대로 무릎으로 찍어 올렸다. 이제 한 놈.

"현성아!"

젠장! 뭐야?

당연히 숙소로 가고 있을 줄 알았던 시열의 비명과도 같은 외침에 황급히 고개를 돌리자, 뒤도 안 돌아보고 열심히 숙소 방향으로 달리고 있는 시열이 보였다.

"조금만 참아!"

박시열… 야, 이… 미친…….

퍽!

젠장! 제대로 맞았는지 욱신거리는 코에서 뭔가 주르륵 흐르는 느낌이 난다.

하지만 정신을 차릴 겨를도 없이 상대의 주먹은 계속 얼굴로 날아들었다.

"현성아……."

바보같이 한쪽에서 아직도 무릎을 꿇고 있는 진수 놈들의 안타까워하는 목소리와 함께 다시 날아오는 놈의 주먹.

"흡……."

서둘러 밀리는 중심을 잡기 위해 뒤로 물러서며 황급히 고개를 숙인 채, 주먹을 좌우로 크게 휘둘렀다.

달려든 녀석은 좌우로 여러 번 휘두른 주먹에 맞았는지 뭔가 걸린 느낌이 들어 앞을 보자, 놈은 한쪽 무릎을 꿇은 채 정신을 못 차렸다.

그런 놈의 멱살을 잡고 있을 때, 뭔가 소란스러운 소리와 함께 슈퍼가 있는 방향에서 봉지를 팽개치며 한 무리가 갑자기 이쪽을 향해 달려왔다.

"정민아! 이 미친 새끼가!"

가는 날이 장날이라더니……

소리를 치며 제일 먼저 달려온, 패거리들의 친구로 보이는 눈
밑에 작은 일자 흉터가 있는 놈이 달려들었다.

그런 녀석의 날아오는 주먹을 왼손으로 쳐내고, 그대로 오른
주먹을 뻗었다.

"야, 이 새끼들아! 그만두지 못해!"

얼마나 시간이 흘렀는지는 모르겠지만, 다섯 놈에게 둘러싸여
힘겨운 싸움을 벌이고 있는 내겐 구원과 같은 고함 소리가 들려
왔다.

그리고 모두의 눈이 향한 곳엔 담임 선생님과 함께 눈물이 그
렁그렁한 시열이 달려오고 있었다.

저 웬수 같은 놈이 이렇게 반가울 줄이야.

박시열. 겁먹고 도망간 줄 알았더니, 니가 용케도 이런 생각을
다 했구나.

"아, 뭐야. 아저씨. 그냥 갈 길 가세요!"

"뭐? 아저씨? 이놈들 안 되겠네. 니들 어느 학교 놈들이야! 우
리 학교 말고, 주변에 몇 학교 안 온 거 같은데 단체로 퇴학 한
번 당해볼래!"

결국 선생님이란 걸 깨달은 놈들은 금세 사색이 되었다.

그런 놈들에게서 어느 학교인지 알아낸 선생님께서 놈들의 학
교에 연락을 취하는 것으로 위험천만했던 사건은 이렇게 마무리
가 되었다.

＊　　　　＊　　　　＊

　승민: 다들 잘 다녀왔어?

　수학여행을 다녀오고 처음 모인 메신저엔, 이미 접속해 있던 승민이 우리를 반겼다.

　시열: 아니~ 현성이 저게 서진고 애들이랑 막 싸웠어!
　승민: 왜! 현성이 너 괜찮아?

　승민은 사정을 듣고 이해를 해주었다.
　하지만 수학여행을 가기 전 그렇게 당부를 했던 녀석에게 미안한 마음뿐이었다.

　현성: 미안하다. 약속까지 했는데.
　승민: 아니야. 너만 안 다쳤으면 됐지, 뭐.
　시열: 괜찮기는, 싸우다가 걔들한테 맞아서 코피까지 났으면서.

　후, 너만 아니었어도 그런 일은 없었을 거다.

　현성: 친구가 싸우는데 뒤도 안 돌아보고 도망간 놈이…….
　시열: 뭐! 승민이가 말한 대로 한 건데! 그치, 승민아?

승민: 그래. 잘했어.

승민이가 말을 했다고? 대체 언제?

현성: 무슨 소리야?
시열: 사고뭉치 한현성 때문에 우리가 얼마나 골머리를 앓았
는지… 휴……

그렇게 된 건가.
수학여행을 가기 전, 시열이 녀석이 메신저에 다시 들어왔던
건 승민이 때문이었나.

                    *   *   *

"후, 다행히 한 건 해결인가?"
수학여행 날짜가 정해지고, 녀석들과 같이 가면 좋겠다고 생
각했던 그날.
하교 길에 느꼈던 뭔가 찜찜했던 기억 탓에 잠을 이룰 수 없
었다.
그리고 몇 년 전, 갈빗집을 하던 승철의 가게에서 모인 정동중
동창회에서, 자신의 일인 양 자랑을 하던 승철이 해줬던 이야기
가 생각이 났다.
"야, 야인 시절. 기억 나냐? 현성이 새끼 거기 나오는 시라소니
같았다니까. 천천히 걸어오더니, 나랑 진수가 도울 새도 없이 그

냥 네 명을 한 번에 쓰러뜨렸어."

오늘 시열이에게 그 당시 상황을 들으니, 그때 한쪽에서 이야기를 듣던 현성이 웃은 까닭을 알 수 있었다.

승철이 녀석. 돕기는…….

하지만 시간이 지나 웃으며 말하던 그 이야기의 끝은 좋지 않았었다.

결국 현성은 그들을 구해 숙소로 돌아왔지만, 다음날. 서진고와 정동고는 싸움이 붙게 된다.

아무리 현성이 날고 긴다고 해도 시골의 조그마한 학교인 정동고가 인원이 4배는 많은 서진고를 당해 낼 수 없었고 그 와중에 현성의 어깨가 부서지고 만다.

그리고 그 이야기를 아무리 되짚어 봐도 현성이 그곳으로 간 이유를 알 수 없었다.

녀석과 친해지고 나니 오히려 더욱 방에만 있을 것 같은 놈이 왜 나갔는지 알지 못했기에, 또다시 그 일이 벌어질까 불안했던 것도 사실이었다.

결국 그가 싸우게 된 원인이 딸기우유였던 사실을 알고 나니 참. 세상엔 아무리 막아보려고 해도 막을 수 없는 일도 있는 모양이다.

뭐, 순식간에 네명을 다 쓰러뜨렸다던 예전과 달리 이번엔 현성이 코피도 터졌고, 서진고의 다른 녀석들과도 붙게 되어 고생깨나 했다.

하지만 다행히 이번엔 시열이 녀석이 내 말대로 선생님을 부른 덕에 수학여행 기간 동안 외출 금지를 받는 것으로 끝날 수 있었다.

　놈은 알까?

　내가 자신을 구했다는 걸.

『다시 한 번』 3권에 계속…

초대형 24시 만화방

신간 100%, 샤워실, 흡연실, 수면실(침대석), 커플석, 세탁기 완비

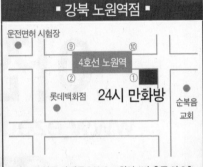

▪ 강북 노원역점 ▪

운전면허 시험장

⑨   ⑩

4호선 노원역

②   ①

롯데백화점   **24시 만화방**   순복음 교회

서울 노원구 상계동 340-6 노원역 1번 출구 앞 3층
02) 951-8324 (화용빌딩 3층)

▪ 일산 정발산역점 ▪

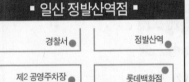

경찰서   정발산역

제2 공영주차장   롯데백화점

24시 만화방

E   C   A
라페스타
F   D   B

라페스타 E동 건너편 먹자골목 내 객잔건물 5층
031) 914-1957

▪ 일산 화정역점 ▪

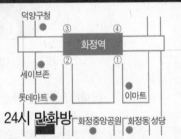

덕양구청

③   ④

화정역

②   ①

세이브존

롯데마트   이마트

24시 만화방   화정중앙공원   화정동 성당

경기도 고양시 덕양구 화정동 984번지 서일빌딩 7층
031) 979-4874 (서일사우나 건물 7층)

▪ 부천 역곡역점 ▪

역곡역(가톨릭대)

● CGV

역곡남부역 사거리

24시 만화방   홈플러스

삼성 디지털프라자

역곡남부역 기업은행 건물 3층
032) 665-5525

▪ 부평역점 ▪

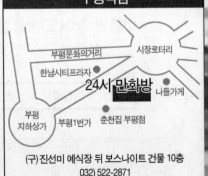

부평문화의거리   시장로터리

한남시티프라자   **24시 만화방**   나들가게

부평   부평1번가   춘천집 부평점
지하상가

(구)진선미 예식장 뒤 보스나이트 건물 10층
032) 522-2871